BENJAMIN GASTINEAU

LES DRAMES

DU

MARIAGE

PARIS

CHEZ TOUS LES LIBRAIRES

1865

LES

DRAMES DU MARIAGE

CHAPITRE PREMIER

Sur la Route.

Par une froide et sombre matinée du mois de janvier, une femme, tenant dans ses bras un enfant, marchait avec une grande vitesse sur la route qui conduit d'Amboise au bourg de Vouvray. Ses vêtements en lambeaux et ses traits flétris dans leur jeunesse annonçaient une créature éprouvée par toutes les douleurs. Lorsqu'une diligence la forçait de se rejeter subitement sur les côtés du chemin, les aspérités formées par le gel des boues ensanglantaient ses pieds. Par intervalles, elle regardait avec inquiétude le long ruban que la route déroulait devant elle, cherchant à

1

mesurer par la pensée l'espace qui lui restait à parcourir avant d'atteindre le but de son voyage, puis elle baissait aussitôt la tête pour réchauffer de son haleine l'enfant qu'elle portait.

Un brouillard épais voilait le soleil et répandait sur tous les objets cette teinte grise qui attriste la vue et cause un profond ennui. Le morne silence de la route n'était troublé que par le vol rapide d'un oiseau qui cherchait un abri contre le froid. Comme la pauvre voyageuse, la nature était muette et désolée.

Cependant un faible cri s'échappa de la poitrine de Madeleine Simon. Elle venait d'apercevoir le village où elle espérait trouver un allégement à ses souffrances. Puisant dans cette vue de nouvelles forces, Madeleine doubla le pas ; mais elle eut à peine dépassé les premières maisons de Vouvray, qu'elle s'arrêta, irrésolue, devant la porte d'une ferme. Alors elle leva au ciel ses yeux obscurcis par les larmes, souleva son enfant à la hauteur de ses bras tendus, comme si elle eût voulu, par cette action, le présenter à Dieu et implorer sa miséricorde infinie, puis elle franchit le seuil de la ferme. Un journalier vint à la rencontre de Madeleine. Elle lui demanda à voir M. Simon.

— A c't'heure, il est au verger, répondit Nicolas, le garçon de ferme, je vas aller le chercher. Vot' nom, s'il vous plaît? »

A cette question, Madeleine parut embarrassée.

— Mon nom, dit-elle, mon nom,... c'est inutile.

— Vous n'avez pas de nom! répliqua Nicolas ébahi en ouvrant de surprise une bouche démesurément grande.

— Dites à M. Simon qu'une femme désire lui parler.

— Ah! c'est drôle, tout de même. Not' maître, que je vas lui conter, une femme qui n'a pas de nom a affaire à vous. Ah! c'est drôle tout de même.

Nicolas, ne pouvant revenir de son ébahissement, resta immobile en face de Madeleine.

— Allez avertir votre maître, je vous en prie.

Sur cette invitation, Nicolas courut au verger. En attendant le fermier Simon, Madeleine entra dans une grande salle qui tenait de plein-pied à la cour. Un bon feu de sarments pétillait dans l'âtre. Après s'en être approchée, Madeleine, émue, regarda autour d'elle. Dans chaque objet, elle retrouvait un souvenir. Devant cette cheminée, sa mère l'avait souvent bercée, comme à présent elle berçait son enfant. De cette croisée, elle l'avait vu pour la première fois, *lui*! En songeant à son enfance si heureuse, Madeleine tomba dans une rêverie qu'on pourrait appeler l'oubli du présent et le réveil du passé. — Rêverie chère aux infortunés qui parviennent à tromper le sort, à oublier un instant toutes leurs agitations en se reportant à l'époque de leur vie où nul souffle ne ridait encore la surface polie de leur âme.

Simon le fermier, suivi de son fils, entra dans la salle. C'était un homme de cinquante ans, d'une haute stature; une figure osseuse, des cheveux roux, d'épais sourcils et de petits yeux imprimaient à sa physionomie un caractère de ruse et de dureté. Il ne reconnut pas Madeleine.

— Que voulez-vous de moi? lui demanda-t-il d'un ton brusque en s'avançant vers elle.

Madeleine fit un mouvement pour se jeter au cou du fermier ; mais, sa pensée la ramenant à sa triste position, elle tomba à genoux.

— Mon père, dit-elle, ne reconnaissez-vous pas votre fille ?

— Je n'ai plus de fille, répondit le fermier revenu de sa stupeur.

— Ayez pitié de moi, mon père! s'écria Madeleine en embrassant les genoux de Simon et les arrosant de ses larmes.

Le fermier se dégagea violemment des étreintes de Madeleine.

— Tu oses te présenter devant moi! dit-il d'une voix que la colère rendait tremblante, après ce que tu as fait!... Sors d'ici! Tu es maudite!

— Oh! vous ne chasserez pas, sans l'entendre, votre fille, que le repentir amène à vos pieds. J'ai bien souffert de mes fautes, allez, père : je les ai cruellement expiées. Mon Dieu! pourquoi ne suis-je pas devenue la femme de Mathias, comme vous le vouliez?...

— Tu as mieux aimé t'enfuir de la maison avec le misérable qui t'avait séduite.

— Si j'étais restée à la ferme, vous m'auriez tuée. Et puis je l'aimais... j'étais folle!

Tout autre homme que Simon eût été touché de ce naïf et douloureux aveu échappé au désespoir de Madeleine, dont la voix était entrecoupée de sanglots; mais, impassible, le fermier reprit d'un ton ironique :

— Tu lui as sacrifié ton honneur, ta famille à ton séducteur. Et il t'en a bien récompensée, n'est-ce pas?

— Vous le voyez, dit Madeleine. Sans pitié pour celle qu'il avait égarée en lui jurant un amour éternel, il l'a repoussée lorsqu'elle est devenue mère. Il l'a chassée de sa demeure comme une servante. Oh! vous ne l'imiterez pas, mon père. Vous aurez pitié de moi. Vous me donnerez une place à votre foyer. Du matin au soir, voyez-vous, je n'aurai plus que la pensée de réparer par mon travail et mes soins le mal que je vous ai fait. Un jour, peut-être, lorsque vous verrez que mon cœur ne contiendra plus qu'un amour, celui de mon père, vous oublierez mes fautes passées, et vous abaisserez sur moi un regard de tendresse. Oh! laissez-moi espérer que ce jour viendra!

— Jamais! s'écria le fermier furieux, jamais la misérable fille qui a déshonoré mon nom n'abritera sa tête coupable sous mon toit.

— Je suis sans ressources, reprit Madeleine. J'ai demandé du travail, je me suis offerte en condition, et partout j'ai essuyé des refus à cause de mon enfant. Seul au monde, vous me restez, mon père. Je n'ai plus d'espoir qu'en vous. Si vous me chassiez, que deviendrais-je, mon Dieu!

— Tu deviendras ce que tu pourras. Qui a commis le crime mérite le châtiment.

— Oh! je trouverai des accents pour vous toucher. Au nom de ma mère, recevez votre fille!

— Ne parle pas de ta mère; c'est toi qui l'as tuée, infâme!

— Jacques! dit Madeleine désespérée en se tournant vers son frère et l'implorant de la voix et du regard.

— J'obéis à mon père, répondit sèchement le fils du fermier.

— Je ne vous prie plus, mon père. Je le vois, ma faute est trop grande pour que le repentir puisse l'effacer. J'ai mérité votre colère ; elle est juste, mais elle ne doit pas retomber sur la tête de mon fils, qui n'est pas coupable, lui ! Prenez-le, élevez-le. Je fuirai... Vous ne me reverrez jamais. Dieu vous récompensera de cette bonne action. C'est qu'avec moi il mourrait, le pauvre petit !

Madeleine cherchait en vain à attendrir le fermier. Prières et larmes étaient inutiles. Simon, comme tant d'autres, n'avait jamais senti battre son cœur dans sa poitrine. Pendant que sa fille éplorée lui criait grâce et lui demandait pardon, contenant à peine sa fureur, il lui montrait du doigt la porte de la salle.

— Si tu ne sors pas d'ici, répondit-il à la dernière prière de Madeleine, malheur à toi !

— Par pitié pour mon enfant !

— Ton enfant ! ton enfant ! reprit le fermier avec rage, qu'il disparaisse avec toi, ou je ne réponds plus de moi ! ou ces flammes vont anéantir à l'instant le fruit de ton crime !...

Le fermier accompagna cette menace insensée d'un geste horrible. Madeleine jeta un cri déchirant et saisit son fils dans ses bras. Les imprécations du fermier l'avaient en quelque sorte métamorphosée. Elle ne suppliait plus. Son attitude était ferme et imposante. A son tour, Simon se sentit dominé par une puissance supérieure à la sienne.

— Taisez-vous ! taisez-vous ! dit Madeleine, belle d'indignation à travers ses larmes. Vous n'êtes pas mon père ; je ne vous connais pas. Mon Dieu ! je suis folle. J'ai cru entrer chez mon père, et voilà que cet homme menace mon enfant ! Mon père, à moi, il est au ciel. Il m'entend et me juge ; seul, il peut me sauver à présent. Je n'ai besoin de rien... Je m'en vais... je m'en vais...

Et Madeleine sortit de la salle , laissant Simon et son fils stupéfaits du subit changement qui s'était opéré en elle.

La menace du fermier, la plus terrible qu'une mère puisse entendre, en bouleversant l'âme et les sens de Madeleine, lui avait fait oublier le froid et la faim. Elle courait comme une insensée dans le village, aiguil-

lonnée qu'elle était par les paroles de son
père, qui résonnaient toujours à son oreille.
Bientôt son agitation se calma. Elle eut conscience de sa position. Une seule ressource lui
restait : c'était de frapper à la porte d'un ha-
bitant de Vouvray et de lui demander l'hos-
pitalité. Par malheur, un paysan l'avait re-
connue à son entrée dans Vouvray. Le
bourg tout entier avait été aussitôt instruit de
son arrivée. Dès lors chacun s'était demandé
si le fermier la recevrait ou la renverrait.
Animés de cette curiosité méchante et avide
de scandale qui semble inhérente aux gens
qui habitent les petits endroits, les habitants
s'étaient réunis en groupes devant leurs portes et causaient entre eux de ce *grave événement*. Madeleine s'aperçut qu'elle était l'objet de tous les regards. Des voix sorties des
groupes arrivèrent jusqu'à elle et l'instrui-
sirent des dispositions des habitants de Vouvray à son égard.

— La v'là. C'est ben la fille de Simon, disait l'un.

— Oui, répondait un autre, Madeleine
Simon qui s'est envolée un beau matin

avec le fils de l'intendant de Valquières, il y aura de ça deux ans à la Saint-Jean. Il paraît qu'elle n'a pas fait fortune à Paris. Elle n'a rapporté qu'un enfant de son grand voyage. Dam ! les amoureux, c'est si léger ! Tant pis pour elle. Ne devait-elle pas s'attendre à ce qui lui arrive?

— Ce n'est que justice, répétait-on de toutes parts, elle mérite son sort.

On ne saurait peindre les angoisses que ces cruels propos firent éprouver à Madeleine. Elle chancelait en traversant cette haie de gens qui l'insultaient et raillaient sa triste destinée. Son cœur était serré à l'étouffer. Enfin, la douleur ayant atteint son dernier degré d'intensité, Madeleine tomba dans une prostration morale qui lui ôta jusqu'au sentiment de l'existence.

La bienfaisante main de Dieu a imposé une limite à la douleur comme à la joie. Cette limite dépassée, les facultés de l'homme s'affaiblissent, sa raison s'anéantit. Si la douleur est trop forte, un engourdissement s'empare de tout son être. Si la joie est excessive, il tombe dans l'ivresse. Lorsque

Madeleine put se relever de son accablement,
sa première pensée fut pour son enfant.
Elle conservait encore un espoir, c'était de
trouver au bourg le plus voisin des âmes
compatissant à son malheur.

— De Vouvray à Saint-Georges, se dit-elle,
il y a deux lieues. Eh bien ! avec un peu de
courage, j'arriverai à Saint-Georges aujour-
d'hui. Il faut sauver son enfant !

Madeleine fit des efforts surhumains pour
triompher de sa lassitude et de son épuise-
ment, mais elle devait y succomber. La nuit
la surprit, le froid devint plus violent. Bientôt
elle ressentit des symptômes de fièvre. Des
frissons répétés parcoururent ses membres ;
ses tempes se mouillèrent d'une sueur froide.
Attribuant son malaise à la fatigue, car la
faim avait cessé de la tourmenter, elle s'assit
sur un tertre. Après s'être reposée quelques
instants, elle voulut reprendre son chemin ;
mais à peine debout, elle retomba lourdement
à la place qu'elle avait quittée. Les souffrances avaient épuisé ses forces et détruit son
énergie. Alors elle eut peur de son impuis-
sance, elle eut peur de mourir sur cette

route avec son enfant. Elle jeta un cri de détresse.

— Au secours! à mon secours!

La voix de Madeleine, emportée par le vent, se perdit dans l'espace, et aucun être ne répondit à son appel. Elle fit un nouvel effort pour se relever, il fut inutile. Il semblait qu'on l'eût attachée au sol. Désespérée, elle versa d'abondantes larmes que le froid congela aussitôt sur ses joues.

— Mon Dieu! venez-moi en aide, dit la pauvre mère, mon fils ne peut mourir ici. Oh! ce serait trop affreux.

En ce moment, Madeleine aperçut deux sillons de feu sur la route. Un équipage s'avançait vers elle avec une grande vitesse.

— Je vous remercie, mon Dieu! dit-elle. Vous avez entendu ma prière. Mon enfant vivra!

Madeleine se traîna péniblement sur le chemin, au risque d'être écrasée par les chevaux. Lorsqu'ils passèrent, elle s'écria avec toute l'énergie que lui inspirait sa détresse :

— Un enfant et une femme se meurent! Venez à leur secours.

Le cocher, qui avait quelque humanité, arrêta sa voiture. Une tête enveloppée de foulards se montra à la portière.

— Qui t'a donné l'ordre d'arrêter, imbécile! dit une voix aigre.

Au son de cette voix, Madeleine tomba évanouie. La tête enveloppée de foulards disparut dans l'intérieur de la voiture. Le cocher fouetta ses chevaux, qui partirent au galop. Heureusement, un voyageur avait entendu le cri de désespoir de Madeleine. Il accourut vers elle et lui prodigua ses soins. Madeleine reprit peu à peu ses sens, mais sa respiration était courte et pénible. La vie s'éteignait en elle. Tant d'émotions l'avaient brisée.

— Maurice.... mon enfant.... murmura-t-elle faiblement.

— Le voici, dit l'inconnu.

— Dans cette voiture... qui vient de passer... le père de mon enfant.

— Oh! infamie!

— La mort... je souffre... dit Madeleine dont le râle indiquait l'agonie.

— Et personne pour porter secours à cette femme, s'écria l'inconnu.

— Mon enfant, qui le sauvera! murmura Madeleine.

— Moi, répondit l'inconnu. Pauvre mère, ton vœu sera exaucé. J'élèverai ton fils. Dès ce jour, il devient le mien.

— Merci!... oh! merci.

— Puisse cette consolation adoucir ta dernière heure, ton adieu à cette terre où, délaissée de tous, tu n'as trouvé que honte et misère. Dieu te tiendra compte de chaque torture de ton cœur. Du ciel où tu seras, tu veilleras sur ton enfant, que j'adopte et que je n'abandonnerai jamais, je le jure à l'heure suprême de ta mort.

— Oh! soyez béni... je...

La parole expira sur les lèvres de Madeleine. Après une dernière convulsion, elle rendit l'âme. L'inconnu descendit le cadavre de Madeleine dans le fossé de la route. Cette œuvre accomplie, il remonta aussitôt pour apaiser Maurice, qui appelait sa mère à grands cris.

— Ta mère ne te répondra plus, mon enfant, lui dit-il, elle est au ciel.

Puis il ôta son manteau, en enveloppa l'enfant et continua sa route. La neige, qui tombait par flocons, forma en quelques minutes un linceul au corps de la pauvre Madeleine.

CHAPITRE II

Un Disciple de Vincent de Paule.

L'homme qui avait si généreusement re-
cueilli l'enfant de Madeleine se nommait
Jérôme Ballue, et exerçait à Saint-Georges,
joli bourg assis sur la rive septentrionale de
la Loire, une profession aussi honorable que
peu lucrative, celle de maître d'école.

Notre société honore et gratifie ses membres en raison inverse des services qu'ils lui
rendent. Les hommes les plus utiles et les
plus dévoués sont les plus malheureux : cela
seul suffit pour la juger.

Ce n'était pas la première fois que le maître
d'école montrait pour les enfants abandonnés

le cœur d'un Vincent de Paule ; le trait suivant le fera bien connaître.

En 1816, à l'époque des vacances, des affaires de famille l'avaient contraint de se rendre à Paris avec sa femme, Catherine. La veille de leur départ de la capitale, en passant à dix heures du soir devant l'église Saint-Roch, les époux entendirent des vagissements. Jérôme abandonna aussitôt le bras de sa femme et franchit lestement les marches de l'église ; à l'angle de l'escalier il aperçut une bercelonnette dont il s'empara.

« Femme ! voilà ce que j'ai trouvé, » dit-il à Catherine en lui présentant la bercelonnette.

A la lumière d'un réverbère placé à côté de l'église, Catherine vit un enfant qui lui tendait ses petites mains. Un médaillon pendait à son cou ; c'était le portrait d'une femme, de la mère de l'enfant sans doute.

— Eh bien, qu'en penses-tu ? reprit Jérôme en interrogeant sa femme du regard.

— Je pense, répondit Catherine, qu'il faut accepter ce que le bon Dieu nous envoie.

— Catherine, tu es la perle des femmes. »

Le lendemain, les époux quittaient Paris, emportant avec eux la petite fille qu'ils avaient trouvée exposée sur les marches de l'église Saint-Roch, et qu'ils nommèrent Juliette.

Cette bonne action ne préserva pas Jérôme des coups du malheur. La bonne Catherine mourut prématurément, et le maître d'école resta seul avec ses enfants adoptifs, n'ayant pour les élever que le modique gain de sa place de maître d'école, c'est-à-dire 800 fr. En additionnant les profits qu'il avait à chanter au lutrin le dimanche (car le père Jérôme cumulait les emplois), il jouissait d'un revenu net de 1,000 fr. par an.

A l'époque de notre récit, le père Jérôme avait cinquante-deux ans; son corps, d'une extrême maigreur, et sa figure décharnée accusaient de longues privations. Sa vie semblait s'être retirée et concentrée dans ses yeux vifs et brillants comme dans un dernier foyer.

En dépit de sa misère, jamais une plainte ne sortait de la bouche du maître d'école; il avait trouvé dans les joies de l'âme l'oubli des douleurs physiques. La vue seule de sa petite famille (c'est ainsi qu'il appelait ses écoliers) le rendait heureux.

Le père Jérôme ne se contentait pas d'apprendre à lire à ses enfants ; il apportait un religieux soin à leur éducation morale. Rien ne lui coûtait, ni le temps, ni la patience. Du reste, sa méthode était aussi simple que belle ; elle consistait à maintenir dans le cœur de ses élèves la supériorité des bons instincts sur les mauvais, des sentiments généreux sur les penchants égoïstes. Il considérait l'enfance comme un champ où croissent en foule bonnes et mauvaises herbes, et l'éducateur comme un agriculteur dont l'amour intelligent détruit l'ivraie qui stérilise en leurs germes les moissons dorées.

A l'heure du déjeuner, par exemple, lorsqu'il remarquait qu'un de ses écoliers mangeait son pain sec à l'écart, il s'approchait d'un autre plus heureux, et lui disait à l'oreille : — Vois donc ce pauvre Pierre comme il est triste là-bas dans son coin. L'enfant courait aussitôt à Pierre et partageait avec lui ses friandises.

Cette sorte de répartition faite entre ses

écoliers, le père Jérôme rentrait dans sa chambre, se versait une copieuse rasade d'eau fraîche, et découpait délicatement en petits morceaux le pain qui composait son déjeuner. Son repas terminé, il collait sa figure décharnée aux vitres d'une croisée qui donnait sur la cour où jouaient les écoliers ; alors son œil se dilatait, son visage s'épanouissait ; tous ses traits, subissant une métamorphose, s'éclairaient d'une joie infinie.

— Petits enfants, disait-il en examinant les écoliers qui jetaient des cris bruyants en gambadant dans la cour et formaient une chaîne dont les anneaux se disjoignaient sans cesse, pourquoi faut-il que vous me quittiez un jour ? Que vous êtes beaux ainsi !... Monde qui me les ravira, qu'en feras-tu ? je te les donnerai bons, et tu les rendras méchants. A présent, ils sont unis par l'amour qui épanouit leurs cœurs ; plus tard la haine les divisera ; la haine ! fruit de l'intérêt, de l'envie, de toutes les mauvaises passions. Au milieu de vos luttes ardentes, de vos rivalités, enfants, puissiez-vous garder un souvenir du vieux Jérôme et de l'école de Saint-Georges où vous vivez en frères et ne formez qu'une famille. Mon Dieu! puisqu'ils s'aiment aujourd'hui, faites qu'ils ne se haïssent pas demain! Petits enfants, pourquoi faut-il que vous me quittiez?

Les deux orphelins, Maurice et Juliette, grandirent, se développèrent sous l'œil vigilant du maître d'école dont ils écoutaient docilement les paternelles remontrances.

Juliette avait atteint sa quinzième année; c'était une blonde et naïve enfant dont la vue inspirait de douces pensées. Les lignes de son visage, qu'encadraient deux longues grappes de cheveux aux reflets dorés, étaient empreintes d'une pureté raphaëlesque. Bonne, prévenante, charitable, la jeune fille avait conquis l'affection de tous ceux qui la connaissaient.

A peu près du même âge que Juliette, bon et sensible comme elle, Maurice différait essentiellement par le caractère. Celui de sa sœur d'adoption et le sien formaient un contraste frappant. Juliette était gaie, expansive, *tournée en dehors* (qu'on nous passe cette expression qui rend bien notre pensée),

Maurice sombre et réservé. La gravité du jeune homme excitait parfois les sarcasmes de Juliette, mais elle s'évertuait vainement à dissiper cette tristesse par ses propos enfantins.

Entre Maurice et la joie venait toujours se placer la funèbre image de sa mère expirant sur la route ; dans ses nuits agitées, il voyait son fantôme. Cette terrible apparition se présentait sans cesse à son imagination frappée. Le maître d'école voulut effacer de la pensée de Maurice ce pénible souvenir, mais il n'y réussit pas ; chaque jour le jeune homme lui disait : « Parlez-moi de ma mère, » quoiqu'il sût bien que le père Jérôme n'avait d'autres détails à lui donner que ceux qu'il connaissait déjà.

Maurice aimait l'étude avec passion ; de bonne heure il montra un ardent désir de connaître le dessin. N'ayant pour se guider d'autre maître que son goût, en peu de temps il sut dessiner assez habilement. Sa vocation se révéla d'une étrange manière. A l'église, pendant la messe, ses yeux s'attachèrent à un tableau dont le sujet était la *Fuite en*

Égypte. Maurice connaissait ce tableau, mais jamais il n'avait produit sur lui la vive impression qu'il ressentait, jamais la figure de la Vierge ne lui avait paru si pure, si rayonnante d'amour. Il lui semblait que la vie animait les personnages peints sur la toile et qu'ils lui souriaient.

Le jeune homme, transporté dans d'idéales régions, n'entendit pas prononcer l'*Ite missa est,* et ne s'aperçut pas que l'église était devenue déserte; il fallut que le père Jérôme vînt mettre un terme à son extase en lui frappant sur l'épaule.

Hors de l'église Maurice lui dit : « Mon père, je veux être peintre.

— Peintre! fit le maître d'école abasourdi par le laconisme de Maurice.

— Oui, mon père! Oh! que de joies il doit ressentir l'artiste qui anime ou ressuscite à son gré tous les êtres qui sourient à son imagination.

— Pour devenir un peintre, objecta le maître d'école, il faut beaucoup de temps et... de l'argent.

— Ah! dit Maurice avec un soupir, vous

avez raison; pardonnez-moi. Ce tableau m'avait fait tout oublier.

— Ne te désole pas, enfant; dans tes heures de loisir, tu t'occuperas de ton dessin, de ton art favori. Autant que cela lui est possible, Maurice, l'homme doit suivre la vocation vers laquelle ses idées et ses goûts le portent. Celui qui remplit avec prédilection la plus humble fonction dans la société est heureux. »

Maurice, se rendant aux conseils du maître d'école, résolut de s'appliquer avec ardeur au dessin; mais un événement vint déranger ses projets d'étude.

Un dimanche il rentra le visage bouleversé et les vêtements en désordre. Dès que le maître d'école l'aperçut, il s'élança au-devant de lui.

— Maurice, que t'est-il arrivé? demanda-t-il.

— Je me suis battu, répondit Maurice dont le visage conservait encore les traces de la colère.

— Tu t'es battu! Mais pour quelle raison?

— Parce qu'on insultait ma mère.

— Et qui a osé?...

— Un misérable qui se nomme Mathias.

— Comment a-t-il appris qui tu étais?
Dans ce bourg, on croit que je t'ai trouvé
abandonné sur la route; personne ne connaît
le nom de ta mère, ni son malheureux sort.

— Chacun en est instruit à présent, grâce
à ce Mathias.

— Voyons, raconte-moi comment cela s'est
passé.

— Au moment où je traversais la place de
l'église, Mathias et quelques autres me montrèrent au doigt en riant aux éclats de mon
étonnement; je m'avançai vers eux, et je les
entendis s'écrier : C'est lui, le fils de.... Oh!
je ne répèterai pas leurs infâmes paroles.
Hors de moi, je courus à Mathias, je le traitai
de lâche, et bientôt nous nous ruâmes l'un
sur l'autre. La colère avait doublé mes forces;
je le terrassai, et je crois que je l'aurais tué
si on ne l'eût arraché de mes mains. Pauvre
mère! ce n'est pas assez d'avoir souffert le
martyre pendant sa vie, morte il faut encore
qu'elle soit calomniée.

— Maurice, calme-toi, je t'en conjure. Mathias ne mérite que le mépris; je saurai arrêter ces propos.

— Quel mal leur avais-je fait à ces gens pour me frapper ainsi dans la mémoire de ma mère? Dieu m'est témoin que je ne leur ai jamais montré que de la bienveillance.

A cet instant on entendit Juliette qui descendait l'escalier de sa chambre en fredonnant un gai refrain.

— Voici ta sœur, dit le père Jérôme à Maurice, qu'elle ne soupçonne rien; essuie tes larmes.

— Je sors, répondit Maurice, car je me trahirais malgré moi. Au revoir, père.

Et après avoir serré avec effusion la main du maître d'école, Maurice s'esquiva.

Le jeune homme marchait lentement, la tête baissée, dans la rue qui traverse le bourg de Saint-Georges dans toute sa longueur; sa colère se dissipait peu à peu et faisait place à de mélancoliques pensées. Tout à coup un cri aigu résonne à son oreille; il relève la tête et aperçoit un cheval emporté qui menace à chaque instant de briser, aux angles des maisons, le tilbury qu'il traîne après lui.

Une femme tendait les bras hors de la voiture en implorant du secours.

A cette vue, Maurice ne se sent plus maître de lui; sans réfléchir au danger auquel il s'expose, il se précipite au-devant du cheval, et, se pendant à ses rênes, il lui imprime une forte secousse. L'animal furieux bondit et s'arrêta à quelques pas, mais il traîna le courageux Maurice et le foula sous ses pieds. Une jeune fille descendit du tilbury. A peine remise de l'effroi qu'elle avait ressenti, elle songea à son sauveur.

— Blessé ! mon Dieu, il est blessé ! s'écria-t-elle en jetant les yeux sur Maurice qui gisait au milieu de la rue.

Elle alla à lui, écarta de son front ses cheveux noirs souillés de sang, et lui fit respirer un petit flacon qu'elle portait sur elle. Maurice ayant repris ses sens, on le transporta à la maison du maître d'école. Un médecin fut appelé ; il déclara que les blessures de Maurice étaient assez graves, mais cependant qu'il n'y avait aucun danger pour sa vie.

La jeune fille, oubliant, dans sa sollicitude

pour son sauveur, la contrainte imposée aux femmes, resta au chevet du malade, lui donnant, de concert avec Juliette, tous les soins que réclamait son état. On vint lui annoncer que son tilbury était réparé ; elle donna des ordres à son domestique pour qu'il se tînt prêt le lendemain à neuf heures du matin.

— Eh quoi, Mademoiselle, dit timidement Juliette, vous voulez passer cette nuit...

— Auprès de votre frère.

— C'est trop de bonté ! Je suis là... Il ne manquera pas de soins, je vous l'assure.

— Je n'en doute pas ; mais si je partais maintenant, j'emporterais dans mon cœur une inquiétude mortelle. Je ne quitterai cette maison qu'avec la certitude que votre frère sera hors de danger.

— Que vous êtes bonne... Oh ! je me sens de l'amitié pour vous. Et les deux jeunes filles, comme deux anges gardiens, veillèrent au chevet du malade. Maurice passa une nuit agitée. Le matin, en ouvrant les yeux, il vit à côté de son lit une jeune femme dont la beauté séraphique lui fit croire à une vision ; il resta un moment absorbé dans une muette contemplation. Enfin, désirant s'assurer s'il n'était pas sous la puissance d'un rêve ou d'une hallucination, Maurice parla.

— J'ai soif, dit-il.

Aussitôt la jeune femme se leva, prit sur la cheminée une tasse qui contenait une potion, et l'apporta au malade.

— Qui êtes-vous? demanda Maurice en cherchant à rassembler ses esprits.

— Votre amie, celle qu'hier vous sauvâtes d'une mort presque certaine. Je me nomme Lucie Delaborde; je suis la nièce de Jacques Delaborde, le célèbre fabricant de Tours. Souvenez-vous, je vous en prie, que Lucie Delaborde comptera au nombre de ses plus beaux jours celui où vous lui donnerez l'occasion de vous prouver toute sa gratitude.

— Mon Dieu! je vous remercie.

— Que dites-vous?

— Je remercie Dieu d'avoir sauvé un de ses anges.

Neuf heures sonnèrent; Lucie fit ses adieux au père Jérôme et à sa famille.

Deux mois suffirent à l'entier rétablissement de Maurice.

Un matin, après avoir préparé son trousseau, il vint, le bâton à la main, trouver le père Jérôme.

— Je pars, mon père, lui dit-il.

— Comment ?... que signifie ?... balbutia le maître d'école étourdi par cette nouvelle.

— Je me rends à Tours ; il le faut.

— C'est là ta manière de me demander mon autorisation.

— Mon père, croyez qu'il m'en coûte de me séparer de vous et de ma sœur ; mais vous comprenez que je ne puis rester à Saint-Georges après ce qui s'est passé. Et puis, à mon âge, on doit suffire à ses besoins ; j'ai honte de vous être à charge, car je sais que vous vous imposez des privations. Aussi suis-je décidé à me rendre à Tours. Par mademoiselle Delaborde, j'aurai de l'occupation dans les ateliers de son oncle.

— Puisque ta résolution est bien arrêtée, je ne chercherai pas à la combattre. Mais qui a pu te suggérer l'idée d'entreprendre ce voyage ?

— Ma mère que j'ai vue en songe.

— Que Dieu te protége, mon enfant.

Juliette vint souhaiter le bonjour au père Jérôme.

— Embrasse-moi aussi, Juliette, dit Maurice.

— Bien volontiers, dit la jeune fille en sautant au cou de son frère.

— C'est le baiser d'adieu que je te donne.

— Tu nous quittes, toi !

— Pour quelque temps... Il le faut, n'est-ce pas, mon père ?

Le maître d'école ne répondit pas ; il se retourna pour cacher ses larmes.

— Adieu, mon père; adieu, ma sœur! Nous nous reverrons bientôt.

Et Maurice s'élança hors de la chambre.

Juliette et le maître d'école se placèrent devant la porte et suivirent des yeux le jeune homme, qui lentement s'éloignait, car il sentait tomber sur son cœur les larmes du père Jérôme. Près de disparaître derrière une sinuosité de la route, Maurice se retourna et fit un signe d'adieu auquel Juliette répondit en agitant un mouchoir blanc au-dessus de sa tête.

CHAPITRE III

Le Manufacturier de Tours.

En 1832, l'industrie florissait à Tours. Jacques Delaborde était alors le manufacturier le plus en renom dans les contrées de la Loire. Il possédait dans le quartier Saint-Symphorien une fabrique de draps qui n'occupait pas moins de trois cents ouvriers. C'était un bâtiment vaste, élevé, ayant cinq étages. Chaque étage formait une longue salle dans laquelle se trouvaient plusieurs machines alimentées par la vapeur.

De nombreux visiteurs, partis de tous les points de la France, venaient admirer dans la manufacture de Jacques Delaborde, les progrès de l'industrie. Mais leur admiration était souvent troublée par une douloureuse émotion qui saisissait leur cœur, à l'aspect des ouvriers perdus et comme écrasés au milieu des machines. Ces visiteurs ne se retiraient jamais sans assister à la sortie des ouvriers de la fabrique. Donnons-nous ce spectacle.

La cloche sonne. Aussitôt une nuée d'enfants en haillons se précipitent dans la rue, cherchant à se devancer, comme s'ils avaient hâte de s'échapper de cet enfer à l'atmosphère lourde et infecte, pour respirer le grand air. La vie réclame en ces petits êtres obligés, dès l'âge de huit ou de dix ans, de gagner un ridicule salaire, au prix de leur santé et de leur éducation.

Après eux viennent les ouvriers : ils sortent lentement. Leurs mouvements sont mesurés comme ceux des machines auxquelles ils obéissent douze heures chaque jour. Ils ont le teint hâve, le corps émacié par le travail et la misère.

Le manufacturier allait rarement dans ses ateliers. En qualité de philanthrope, il était

très-sensible; — la vue de ses malheureux
ouvriers énervés par le Travail et la Misère, —
cette union sacrilége, cette plaie du peuple, —
l'aurait trop affecté. Il avait fixé sa résidence
à une portée de fusil de Tours, dans une charmante villa. Cette maison, bâtie avec une remarquable symétrie, se composait de deux
corps de bâtiment. Le premier, qui se trouvait au fond d'une cour sablée, renfermait
une cuisine, une salle à manger, dont les
croisées donnaient sur un délicieux jardin,
deux chambres à coucher et un garde-fruits.
Un perron à rampes de fer établi au milieu
de la cour conduisait au second bâtiment. En
montant ses dix marches et en faisant quelques pas dans un large vestibule, on tenait à
sa droite un salon ruisselant d'or consacré
aux réunions, aux soirées, et à sa gauche,
l'appartement de M. Delaborde; celui de sa
femme se trouvait au premier. Une vaste
prairie et un petit bois formaient les dépendances et comme le complément de cette jolie propriété.

Il y a des êtres qui luttent toute leur vie
contre un mauvais destin (appelez-le hasard,

circonstances, peu importe) sans en triompher; d'autres ne rencontrent jamais de barrières infranchissables. Leur route est une
surface plane; ils n'ont qu'à marcher. Jacques Delaborde peut être rangé dans celte
dernière catégorie. Fils d'un obscur et pauvre
intendant, il voulut être riche. Sa pensée
s'arrêta à ce désir, ses facultés furent dirigées
vers ce but; le sort le favorisa. Il se lança
dans l'industrie avec de faibles capitaux et y
acquit une fortune en quelques années. Il
désira la richesse et il l'eut. Voilà son histoire.

Content de lui, de sa fortune, de son abdo-
men qui avait pris une belle rondeur, M. Delaborde conservait un éternel sourire sur les
lèvres. Il avait trouvé cet aphorisme : *Ce qui
caractérise l'homme de bien, c'est la gaieté.*
Aussi se cabrait-il à toutes les plaintes qu'il
entendait.

En ce moment, nous voyons le manufacturier assis dans son petit salon en face d'une
personne avec laquelle nos lecteurs ont déjà
pris connaissance : Mademoiselle Lucie. Le
crâne chauve, le nez épaté, le teint enluminé

du fabricant de draps, font ressortir avec éclat la beauté de la jeune fille.

Lucie avait dix-huit ans. D'une nature précoce qu'elle tenait de sa mère italienne, son corps et son esprit avaient atteint à cet âge leur complet développement. A travers son visage d'une vive et chaude carnation, éclataient l'intelligence, la vie, l'ardeur, la passion. Ses yeux d'un bleu tendre étaient ombragés par de noirs sourcils ; sa voix sonore, métallique, dénotait la fermeté de son caractère. Sa beauté réunissait ces dons si opposés : la force et la grâce.

Le manufacturier, qui d'ordinaire était enjoué, fronçait le sourcil, et tenait magistralement la tête haute.

— Ma nièce, dit-il à Lucie qui le regardait curieusement, nous allons causer d'affaires très-graves.

— Mon Dieu ! mon oncle, dit la jeune fille presque effrayée du ton doctoral de M. Delaborde, auriez-vous quelque fâcheuse nouvelle à m'apprendre ?

— Bien au contraire, je crois que vous sortirez de ce salon plus joyeuse que vous n'y êtes entrée.

— Oh! alors, parlez vite.

— Lucie, vous perdîtes votre père à huit ans. Votre mère, vous le savez, avait un profond attachement pour son mari. Aussi le suivit-elle de près au tombeau. A dix ans, vous restiez orpheline.

— Pourquoi évoquez-vous le souvenir de ma mère? dit Lucie les larmes aux yeux.

— Ma belle-sœur, continua le manufacturier impassible dans sa gravité, vous laissa deux cent mille francs. Elle m'institua votre tuteur, et je jurai à son lit de mort de veiller au bonheur de votre vie.

— Oh! vous avez bien tenu votre serment. Que de reconnaissance je vous ai!

— Ne m'interrompez pas, je vous prie.

— Je vous écoute.

— Ma belle-sœur voulut que vous fussiez élevée à Paris dans la pension de Mlle Lebrun, son amie. Je vous y envoyai. Maintenant il vous reste à réaliser le vœu le plus cher à votre mère.

— Quel est-il? s'écria vivement Lucie en

se levant. Oh! ce sera pour moi un devoir sacré.

— Ma nièce, vous avez dix-huit ans révolus.

— Je le sais, mon oncle, répondit avec humeur la jeune fille impatientée.

— Vous êtes à un âge où une jeune fille doit songer à son avenir, à son établissement.

Lucie ne put réprimer un mouvement d'inquiétude.

— Je ne désire rien, balbutia-t-elle. Je suis heureuse avec vous, mon oncle, et mon avenir ne me préoccupe pas du tout.

— Ma nièce, pour réaliser la dernière volonté de votre mère, il faut que vous deveniez l'épouse de mon fils Albert.

Il se fit un silence. Lucie, frappée de stupeur, resta muette.

— Je suis certain que l'idée de cette union vous agrée, ma nièce, reprit le manufacturier, très-mauvais observateur. Mon fils est un charmant jeune homme, un cavalier accompli. Ah! vous aurez là un mari que bien des jeunes filles vous envieront.

Lucie était devenue affreusement pâle. L'horreur et l'effroi étaient peints sur son visage.

— Mon oncle, je suis bien malheureuse, dit-elle.

— Malheureuse! s'exclama M. Delaborde étonné, malheureuse! et pourquoi, s'il vous plaît?

— Parce que je ne puis accomplir le vœu de ma mère. Dites-moi, mon oncle, le mariage, n'est-ce pas un lien qui réunit pour la vie deux êtres attirés l'un vers l'autre par une mutuelle sympathie?

— Sans doute, répondit le manufacturier, un peu déconcerté par cette théorie sentimentale du mariage.

— Eh bien! puisque j'ai votre approbation, je dois vous avouer que je n'aime pas mon cousin.

— Ah! n'est-ce que cela? dit en riant le manufacturier. L'obstacle ne me paraît pas grand. Albert vous aura fait encore quelque espiéglerie de sa façon. Il est si malin! Mais il s'en repent déjà, c'est certain, et vous auriez dû oublier ces niaiseries, ma nièce.

— Vous m'aviez annoncé un entretien sérieux, mon oncle, et c'est sérieusement que je vous ai parlé.

Cette réponse fut faite avec tant de dignité et de résolution, que M. Delaborde en parut surpris et piqué.

— Mademoiselle, reprit-il, qu'avez-vous donc appris dans votre pensionnat de Paris, pour que vous ignoriez que le premier devoir d'une jeune fille est d'obéir à ses parents? J'entends que vous vous soumettiez à la volonté de votre mère.

— Ma mère, dit Lucie sans se troubler, en manifestant le désir que je fusse unie à mon cousin, n'avait pas l'intention de contraindre mes penchants. Si elle vivait, je lui dirais comme je vous le dis, mon oncle : Mon bonheur est à jamais détruit si je deviens la femme de mon cousin. Et, bien loin de traiter ma franchise de révolte ou de désobéissance, elle m'aurait approuvée, j'en suis sûre.

Battu sur le terrain de la raison par cette jeune fille si ferme dans son droit, le manufacturier se hâta de reprendre le ton plaisant.

— Lucie, dit-il, je me fâcherais si je ne savais que cette répulsion que vous croyez avoir pour votre cousin n'est qu'un pur enfantillage. Au surplus, ajouta M. Delaborde en désignant son fils qui ouvrait la porte du salon : voici le coupable. Je veux qu'il répare ses fautes devant moi.

Albert Delaborde était un beau et fringant jeune homme de vingt-trois ans. Sa physionomie était malicieuse, son regard effronté. De noires moustaches effilées et retroussées en crocs lui donnaient un air fanfaron.

Délivré à vingt ans des études de collége, Albert avait trouvé chez son père une faiblesse dont il n'avait pas tardé à abuser. Dès lors il s'était consacré entièrement à ses plaisirs. Nul mieux que lui ne mettait une cravate et ne faisait caracoler un cheval. Grâce à ces avantages, il était, à Tours, l'effroi des vieux maris et le démon des jeunes filles à la vertu chancelante. Bientôt on ne parla plus dans la rue Royale que de ses amourettes et de ses scandaleuses orgies. Albert éteignit ainsi ses sentiments dans la débauche; les passions de sa jeunesse se transformèrent

en vices honteux, exigeants, car tout vice
est l'enfant dégénéré d'une passion. Tel
était le mari que l'on destinait à la belle
Lucie.

— Tu arrives à propos, dit M. Delaborde à
son fils, pour t'excuser des torts dont tu t'es
rendu coupable envers ta cousine.

— Si c'est être coupable que d'aimer pas-
sionnément, répondit Albert en lançant une
œillade à Lucie, je le suis à l'égard de ma
belle cousine.

— Tu te trompes, Albert, tu as le tort ca-
pital de ne pas être aimé.

La colère empourpra le visage du jeune
homme.

— Il est bien difficile de plaire à ma cousine, répliqua-t-il d'une voix aigre. Du reste,
quand soi-même on possède toutes les qua-
lités, toutes les vertus, on a bien le droit
d'exiger une semblable perfection chez les
autres.

— Allons, allons, interrompit M. Delaborde, tu ne prends pas le bon chemin pour
obtenir ton pardon. Vous êtes deux enfants.
Tu sais, Albert, que dans un mois tu dois

devenir l'époux de Lucie. Ainsi, mon garçon, fais bien ta cour. Je vous laisse tous les deux, afin que vous vous expliquiez plus librement. Au revoir, mes enfants.

Et le manufacturier sortit en laissant échapper un gros rire.

— Qu'avez-vous encore contre moi, Lucie ? dit Albert d'un ton amical en se rapprochant de sa cousine. Répondrez-vous toujours par un injuste dédain au sincère amour que vous m'avez inspiré. Pourtant, je devrais vous haïr, car vous saisissez toujours avec empressement l'occasion de médire de moi. Mais non, je n'en ai pas le courage. J'adore si follement ma belle ennemie, que je donnerais ma vie pour un de ses regards sans colère, pour une de ses paroles sans fiel.

— Ah ! ah ! c'est charmant ! s'exclama Lucie en riant aux éclats. Ah ! l'admirable galanterie !

— Mademoiselle, dit Albert froissé dans son amour-propre, pourquoi riez-vous ?

— Vous avez raison de me rappeler à moi-même, mon cousin. Il est des femmes que de tels serments d'amour égarent. Et tenez, je connais une pauvre fille qui fut ainsi trompée dans ses affections. Elle accueillit avec un sourire de bonheur de belles protestations de dévouement... semblables à celles que vous me faites ; mais elle ne tarda pas à s'en repentir, car celui qui lui avait juré un éternel attachement, la laissa seule avec sa honte et sa flétrissure.

— En vérité, voilà une histoire touchante jusqu'aux larmes, dit Albert d'un ton railleur, mais je n'en vois pas l'à-propos. Ma cousine, je ne vous comprends plus. Vous devenez énigme pour moi.

— Mon histoire ne vous eût sans doute pas paru énigmatique, si je vous eusse d'abord dévoilé le nom de cette héroïne.

— Et cette mystérieuse femme se nomme...

— Louise.

Albert tressaillit.

— N'est-ce pas, mon cousin, qu'il est odieux de se jouer de la vie et de l'honneur d'une femme ? N'est-ce pas que cet homme est un misérable ?

— Ma cousine ! prenez garde !

— Qu'avez-vous, mon cousin ? Que signifie

3.

cette colère ? L'amant parjure, serait-ce vous, par hasard ?

— Qui vous a conté une pareille imposture?

— Elle-même, Monsieur, Louise, qui se- rait morte aujourd'hui si je ne l'avais soute- nue de mes conseils et de ma bourse. Mais vous m'écoutez à peine. En effet, cette pauvre fille dont vous avez voué l'existence au mal- heur, qu'est-elle pour vous à présent? Un souvenir importun. Je sais que dans votre langage vous avez des mots dorés pour cou- vrir vos fautes. Vous appelez cela un passe- temps, une folie de jeunesse. J'appelle cela un crime, moi !

— Lucie ! taisez-vous, s'écria Albert fu- rieux.

— Décidément, mon cousin, nous ferions tous les deux un très-mauvais ménage. J'es- père que vous voudrez bien prier mon oncle de ne plus songer à notre union.

— Je n'ai pas la simplicité de croire à la valeur des prétextes que vous opposez à notre mariage. La vérité, c'est que j'ai un rival.

— Je ne pense pas, interrompit fièrement

Lucie, avoir de compte à vous rendre tou-
chant mes affections.

— Mais vous me haïssez donc bien, Lucie?

— Ce n'est pas vous que je hais, Monsieur,
ce sont vos vices.

Lucie sortit.

Pendant que cette scène se passait dans le
salon du manufacturier, son ami, le chevalier
de Barcas, avait avec Madame Delaborde une
conversation qui mérite d'être rapportée.

CHAPITRE IV

La théorie du chevalier de Barcas.

La première femme de M. Delaborde était morte en donnant le jour à son fils Albert. Le manufacturier ne resta pas longtemps veuf. Il s'enamoura d'une jeune orpheline qui n'avait d'autre richesse qu'une remarquable beauté et l'épousa. Ce mariage fut amené par le chevalier de Barcas. M. Delaborde, en mettant le chevalier à l'abri du besoin, car la famille de ce gentilhomme avait été ruinée par la révolution de 89, s'était entouré d'un fidèle et sincère ami. Du moins, telle était sa ferme conviction, car il le consultait en toutes choses.

M. de Barcas ne manquait pas d'esprit ; mais il avait un travers bien pardonnable aux hommes de sa race qui n'ont que des souvenirs aujourd'hui ; il vantait sans cesse les exploits de ses hauts et puissants aïeux, répétant à satiété, au risque de blesser l'amour-propre des bons bourgeois de Tours, qu'il descendait par les femmes du grand empereur Charlemagne. Une heure ne lui suffisait pas à détailler sa glorieuse généalogie.

Le chevalier de Barcas avait une physionomie double. Cela peut paraître étrange au premier abord ; mais qu'on y réfléchisse bien, chacun de nous ne lui ressemble-t-il pas? N'avons-nous pas notre physionomie vraie, qui reflète nos sentiments quand nous n'avons aucun intérêt à les céler, et le masque mobile de la civilisation, à l'aide duquel chacun joue sa petite comédie. Lorsque le chevalier avait jeté son masque frivole et enjoué, l'expression de sa figure était caustique, méchante, terrible. Son regard, qu'allumaient de mauvaises passions, vous éblouissait.

Madame Delaborde était d'une petite taille.

Des traits grecs, un regard terne, une carnation mate, lui donnaient l'apparence d'une
statue. Il ne fallait pas être un profond observateur pour remarquer qu'il manquait à
cette beauté morte le foyer intérieur qui
éclaire et vivifie le corps, l'âme.

— Ah! chevalier, dit Mme Delaborde aussitôt qu'elle aperçut M. de Barcas, j'avais hâte
de vous voir.

— De mon côté, Madame, j'étais pressé par
le désir de me trouver auprès de vous. Pendant mon absence, votre santé ne s'est pas
altérée?

— Un peu, chevalier.

Ce disant, Mme Delaborde lança à M. de
Barcas un coup d'œil dont celui-ci comprit
le langage, car il alla aussitôt s'assurer si la
porte de l'appartement était bien close.

— Éléonore, dit M. de Barcas en revenant
vers Mme Delaborde, que vous est-il arrivé?

— Georges, croyez-vous au remords?

— Oui, Madame, le remords est le défaut
des esprits timides.

— Je mérite cette qualification. Lorsque
vous n'êtes plus ici, Georges, la tranquillité

de mon âme s'évanouit. Le passé se représente à moi, il m'accuse avec justice. Le souvenir de Frédéric s'attache à mes pas et trouble chaque heure de ma vie.

— Faible femme ! dit le chevalier en considérant Madame Delaborde avec pitié.

— Hier, toutes idées me tourmentaient avec une telle force que ma respiration en était devenue difficile. Je sortis seule, car je ne voulais que personne au monde fût témoin de mon agitation. Marchant d'un pas rapide, j'eus bientôt atteint Val-en-Fleurs, mais je ne trouvai point dans cette solitude le repos que j'y cherchais. Si je levais les yeux au ciel, Dieu m'apparaissait sur les nuages pourprés, j'entendais ses malédictions. Le crépuscule étant venu, je me mis en devoir de rentrer. J'avais fait quelques pas dans la prairie, lorsque j'entendis du bruit derrière moi. Effrayée, je me retournai. Un homme m'avait suivi. Il s'était arrêté et tenait ses yeux fixés sur les miens. En lui, je crus reconnaître Frédéric. Folle d'épouvante, je courus à travers la campagne comme si j'eusse été harcelée par les furies, n'osant retourner la tête,

de peur que mon regard ne rencontrât ce
spectre. Haletante, épuisée de fatigue, j'ar-
rivai dans notre cour, où je trouvai mon mari
inquiet de moi. L'heure du dîner était passée;
l'on me cherchait partout. Je prétextai une
visite, et M. Delaborde est heureusement si
loin de soupçonner la vérité, qu'il ne re-
marqua même pas mon désordre.

— Madame, vous deviendrez folle.

— Ah ! Georges, vous êtes cruel.

— Moins que vous ne l'êtes envers vous-
même. N'offrez-vous pas le triste spectacle
d'une femme riche, honorée, enviée, qui détruit son bonheur en se créant de vaines chimères ?

— Oh ! répétez-moi qu'il est impossible
que j'aie vu Frédéric, que c'est une hallucination de mon cerveau.

— Les morts ne reviennent pas que je sache.

— Il est mort...

— Faut-il pour vous en convaincre que je
vous apporte son cadavre ? Ne savez-vous pas
comme moi que Frédéric de Marvennes,
connu pour l'un des plus chauds partisans de
l'empereur, fut massacré après les Cent-

Jours à Marseille, avec plusieurs autres offi-
ciers, au moment où il songeait à s'embar-
quer pour échapper à une mort juridique.

— Cet inconnu qui a établi sa demeure à la
Roche-Noire me cause de l'effroi. C'est lui,
peut-être, qui m'a suivie hier. On le dit riche,
parce qu'il secourt beaucoup de malheureux,
mais que signifie le mystère dont il s'entoure?
S'il a de la fortune, pourquoi vit-il comme un
animal dans la cavité d'un château en ruines?
Il excite la curiosité de plusieurs personnes.
Georges, cherchez à le connaître.

— N'allez-vous pas prendre ombrage d'un
original qui a la fantaisie de vivre en ermite.
C'est un moyen assez ingénieux pour acquérir à peu de frais de la célébrité. On est tellement habitué aujourd'hui à voir une my-
riade d'êtres se presser, se ruer dans les sen-
tiers battus, qu'on s'étonne de la révolte d'une
âme libre qui ose mener une vie particulière.
La société, Madame, est un tyran qu'il faut
dominer de toute sa puissance ou servir
comme un esclave.

— Je n'écoute plus vos pernicieux conseils,
dit Mme Delaborde en faisant un geste d'im-

patience. Vous m'aviez promis le bonheur,
et je n'ai trouvé dans ma nouvelle position
qu'amertumes du cœur, que tourments de la
pensée. Vous m'avez trompée en me tendant
un piége odieux, en m'arrachant mon enfant, seul lien capable de me retenir à l'honneur. Ah! pourquoi ai-je marché avec confiance vers le mirage que tu m'as présenté,
tentateur infernal.

— Vous m'adressez là, Madame, d'injustes
reproches, et puisque vous avez oublié les
faits passés, je vais vous les remémorer.
Lorsque je vous connus, par l'intermédiaire
de votre vieille tante, vous étiez en proie à la
plus horrible misère....

— Monsieur... interrompit Mme Delaborde
dont l'orgueil souffrait cruellement.

— En vous, continua M. de Barcas, je dé-
couvris un trésor. Je vous appris que dans
une société esclave de tous les vices, la
beauté était pour la femme un sceptre, une
puissance. Vous me parlâtes d'honneur, de
devoir... que sais-je? Pour toute réponse,
j'ouvris la croisée de votre chambre. Voici le
spectacle qui s'offrit à nous :

« Au milieu de Ja rue, une femme avec un enfant dans ses bras, était repoussée, insultée par ceux dont elle implorait la pitié. Une calèche qui passa faillit écraser la pauvre mère. Vous jetâtes un cri d'horreur. La calèche traînait une grande dame dont la beauté et la brillante parure attiraient les regards de tous les passants.

« Choisissez votre sort, vous dis-je alors. Heureuse et admirée comme celle-ci, — ou malheureuse et flétrie comme celle-là !

« Votre réponse fut claire, Madame ; j'emportai votre enfant. »

Les pâles joues de Madame Delaborde se colorèrent d'une vive rougeur.

— Le lendemain de ce jour, reprit l'impitoyable chevalier, je vous trouvai parée de la riche toilette dont je vous avais fait présent. Vous étiez éblouissante de beauté. Je vous présentai à M. Delaborde, qui s'éprit de vos charmes. Quelque temps après, grâce à l'intérêt que j'avais su jeter sur votre jeunesse orpheline, il vous épousait. Les promesses que je vous fis, Madame, se sont réalisées par votre mariage. Richesse, considération, tout

ce qui peut constituer une existence fortunée,
vous le possédez. Maintenant, dites-moi si je
vous ai trompée ?

Madame Delaborde, terrassée par cette logique de Satan, fascinée par cette force de
caractère, reprit docilement le joug qu'elle
avait tenté de secouer.

— Je n'ai pas le droit de vous accuser, ré-
pondit-elle au chevalier.

Un sourire de satisfaction erra sur les lèvres
de M. de Barcas.

— Il n'est pas juste, reprit-il, de m'imputer les défaillances de votre esprit, car je
vous ai constamment montré l'exemple d'une
inébranlable fermeté. Je n'ai pas bronché
d'une ligne dans la route que je me suis tracée. Cependant ma vie est une image de la
vôtre. J'ai eu aussi mes heures de jeunesse,
de vertu, de résignation. J'ai supporté les
angoisses de la faim, j'ai ressenti les cruelles
humiliations du malheur. Mais il vint un jour
où, las de tant de souffrances, je relevai fièrement la tête; je regardai autour de moi, et
je me fis ce raisonnement :

« La société joue une grande comédie. Les

habiles, les forts choisissent leurs rôles; les
faibles, les sots se laissent imposer les leurs.
Lorsqu'on est jeté au milieu d'une mêlée
d'hommes qui se combattent et s'écrasent
sans pitié, la bonté du cœur est une sottise.
Pour se mesurer à leur taille, il faut des entrailles de fer. La vie sociale est un steeple-
chase; le but, c'est la richesse, qui tient lieu
de tout. Pour y arriver, tous les moyens sont
courts, hors la vertu et le mérite. » Ayant
ainsi raisonné ma conduite, je me mis à
l'action. Un préjugé me donna du prestige,
je me créai noble. Vous savez ce que j'y ai
gagné. Autrefois, on méprisait mon honnête
et obscure pauvreté, aujourd'hui l'on me
salue jusqu'à terre. Imitez-moi, Éléonore,
chassez de votre esprit cette fantasmagorie
de souvenirs; oubliez le passé. Dans le passé,
il y avait pour vous la misère et l'esclavage,
le présent vous donne la richesse, l'avenir
vous réserve la liberté!

— Quel mot avez-vous prononcé, Georges?
La liberté! Oh! qu'il me tarde d'en jouir!

— Vous n'avez pas, je crois, à vous plaindre
de votre mari? N'accède-t-il pas au moindre

de vos caprices. Son amour semble s'accroître
chaque jour.

— Ma répulsion pour lui augmente en
raison de son amour. Être liée à un être qu'on
n'aime pas, ah! c'est un supplice que vous ne
connaissez pas, Georges?

— Patience!... s'exclama M. de Barcas
avec une intonation de voix terrible.

— Que voulez-vous dire? murmura Madame Delaborde effrayée.

— Oh! ne craignez rien, Madame. Loin
de moi la pensée de brusquer ce que l'âge
doit naturellement amener. Mais je songe
que, pendant que nous causons ici, votre
mari instruit Lucie de sa prochaine union
avec son fils.

— Je doute que Lucie accepte Albert pour
son époux.

— Il le faut, pourtant. Albert, que je gou-
verne à mon gré en flattant ses goûts, ses
passions, est le mari qui me convient. Si un
étranger entrait dans *notre famille*, il y
prendrait assurément un trop grand intérêt.
La fortune de Lucie ne doit pas sortir de la
famille. Oh! je me doutais bien de sa répu-

gnance à épouser son cousin. Aussi ai-je engagé M. Delaborde à lui déclarer que ce mariage était l'une des dernières volontés de sa
mère. Sans aucun doute, cet innocent sub-
terfuge nous réussira ; car Lucie, qui a voué
un culte sacré à sa mère, n'oserait lui dés-
obéir après sa mort. Cette petite fille ne nous
aime pas, Madame, et si nous ne la soumet-
tions, elle deviendrait une dangereuse ennemie.

— Vous avez raison, Georges.

— Madame, dit M. de Barcas en changeant
de ton, me permettrez-vous de descendre au
salon ?

— Certainement, chevalier.

M. de Barcas trouva Albert écumant de
rage et vociférant d'atroces menaces.

— Eh bien ! nous nous emportons, dit
M. de Barcas au jeune homme. Mauvais
signe !

— Croiriez-vous, répondit Albert, que cette
petite sotte m'a éconduit en me prêchant un
sermon ! Oh ! si je parvenais à connaître celui
qu'elle aime, malheur à lui !

— Tenez, Albert, je me rappelle avoir

rendu un signalé service à un jeune homme
qui se trouvait à peu près dans votre position.
Ce pauvre diable s'était vu supplanté par un
heureux rival qui était sur le point d'épouser
la jeune fille qu'il aimait. Désespéré, il songeait comme un sot à mettre fin à son existence, lorsque le hasard me plaça sur son
chemin. Il me conta son malheur. Je le fis
changer de résolution en l'engageant éner-
giquement à tuer son rival. Je lui ensei-
gnai un coup d'épée infaillible que seul je
connais et que je réserve à tous les jeunes
gens contrariés dans leurs inclinations. Mon
gars insulta son rival, lui marcha sur le
pied, le souffleta. Bref, il le tua. Un mois
après, il possédait le choix de son cœur.
Voilà comme quoi, Albert, mon coup d'épée
fit deux heureux.

— Vous me l'enseignerez, chevalier.

— Avec plaisir. Que voulez-vous, mon
cher, chacun écarte l'obstacle qui s'oppose à
son passage, chacun écrase son ennemi, qui
par la ruse, qui par la force. *L'un tue l'autre!* C'est la grande loi qui régit la société.
La vie est un combat. Les faibles doivent

supporter les forts, les malheureux les heureux.

— Oui, je me vengerai d'elle en tuant
celui qu'elle aime.

— Je connais encore un petit moyen pour
arriver aux fins qu'on se propose. A la ri-
gueur, il est vrai, un sévère moraliste trou-
verait quelque chose à y reprendre. Parfois,
l'on force une jeune fille rebelle à ses intentions à réparer son honneur. Notez bien que
cet expédient n'est pas absolument conforme
aux règles d'une saine morale. On ne l'em-
ploie qu'à la dernière extrémité.

— Quelle idée! Ah! ma belle cousine, vous
ne m'échapperez pas.

— D'abord, Albert, tâchons de découvrir
votre rival. Si c'était par hasard... oh! non...
Eh! qui sait? L'amour ne se plaît-il pas à
rapprocher les distances!

— Vous dites?

— Que ce rival pourrait bien se nommer
Maurice. Vous savez ce rustre que Lucie,
préservée par lui d'un grand danger, a fait
entrer dans la fabrique de votre père. Un
sauveur! Je croyais, moi, que l'espèce en

4

était perdue, qu'il en existait plus que dans les romans. Un sauveur! ah! ah!

— Oh! dit Albert avec un mouvement d'orgueil, Lucie ne me préférerait pas ce misérable?

— Vous avez trop de confiance, Albert, dit M. de Barcas, qui cherchait à verser du fiel dans l'âme du jeune homme, il faut se défier du pauvre. Le pauvre, c'est l'envie incarnée. Il épie le riche, le vole et le tue dès qu'il est assuré de l'impunité. Il faut que le riche le tienne rampant sous son pied, comme un serpent, et qu'il l'écrase dès qu'il essaie de mordre. *L'un tue l'autre!* Ma loi, ma grande loi qui revient toujours. Ainsi méfiez-vous de ce Maurice.

— Chevalier, je vous invite à venir dans mon pavillon. J'ai des armes. Vous m'apprendrez à manier l'épée avec dextérité.

— Volontiers, jeune homme. Je tiens à ce que vous connaissiez la botte secrète du mariage. Une! deux!

Albert et M. de Barcas sortirent du salon.

CHAPITRE V

Rêves d'Amour.

Par la supériorité de l'esprit et le prestige qu'exerce un blason sur la gent roturière, M. de Barcas dominait le manufacturier, par la terreur sa femme, et par le vice Albert. A vraiment parler, il tenait en main les fils qui remuaient ces trois personnages. Il était donc devenu, grâce à cette puissance, maître de la maison Delaborde. Rien ne se faisait sans son ordre ou son approbation. Le manufacturier lui avait laissé le soin de presque toutes ses affaires. C'était son associé, moins le nom. Dans les arrangements dont il était l'arbitre, le chevalier n'avait garde de s'oublier. Sur

chaque chose, il trouvait le moyen de préle-
ver un pot-de-vin. Cela passait inaperçu, l'a-
mitié aveuglant le manufacturier.

Selon les personnes avec lesquelles il trai-
tait, M. de Barcas se montrait hautain ou ser-
viable, souple par-dessus tout. Chacun le
craignait et lui souriait, car il avait à son
service deux armes terribles dont il se servait
tour à tour pour terrasser ses ennemis : la
raillerie et l'épée. Qu'on choisît l'une ou
l'autre, on n'en était pas moins tué. Plus
d'un bourgeois tourangeau avait succombé
sous le feu de ses épigrammes, plus d'un
duelliste était tombé à ses pieds. Entre autres
prouesses, il avait rayé de la liste des vivants
un certain notaire qui, pour son malheur,
avait inspiré un tendre sentiment à madame
Delaborde. Ce coup d'épée lui avait valu l'a-
mitié du manufacturier en particulier et l'estime des maris en général. M. de Barcas tenait beaucoup à ce qu'Albert n'épousât pas
d'autre femme que sa cousine. Il prévoyait
dans sa sagacité qu'une étrangère eût acquis
dans la famille Delaborde une influence pernicieuse à ses desseins. De Lucie, une fois

mariée, il ne craignait rien, car elle était très-indifférente à son oncle. Privée de tout parent, Lucie eût été plus heureuse que dans la maison du manufacturier. Haïe de madame Delaborde et de M. de Barcas, épiée par l'œil jaloux de son cousin, cette famille était pour elle comme une prison qui étouffait son cœur et sa pensée. Elle ne disait pas un mot qui ne fût malicieusement interprété, ne faisait pas une démarche qui ne fût calomniée. Sous les avertissements, les conseils hypocrites qu'on lui adressait, elle sentait la glaciale froideur de la haine. Ses ennemis lui faisaient envisager son mariage avec Albert comme la condition *sine quâ non* de la réconciliation. Par cette sourde persécution, ils espéraient changer sa volonté. C'était une erreur. Comme toutes les natures passionnées, Lucie se fût brisée plutôt que de plier. Dans la lutte qu'elle avait engagée avec ceux qui l'entouraient, la jeune fille était d'ailleurs soutenue par un admirable sentiment qui sera éternellement plus fort que la haine; elle aimait un jeune homme à la pâle et mélancolique figure qui souvent passait devant ses croisées, échangeant avec elle de longs et tendres regards. Que de poèmes ils contenaient! Si comprimé qu'il soit, le cœur, à l'âge où il s'éveille à l'amour, à la vie, trouve une issue à la lave qu'il renferme en renversant les digues qu'on lui oppose.

Cependant la tristesse envahit l'âme de Lucie, son beau front se courba sous d'amères réflexions. Vainement elle ouvrait ses vertes persiennes, vainement elle regardait au loin dans la campagne, personne ne paraissait. Cet amour s'était dissipé comme un songe. En se réveillant, Lucie sentit en son cœur un vide profond. Sa vie était changée. Les persécutions auxquelles elle était en butte lui parurent plus cruelles et plus insupportables.

Un soir, après avoir eu une altercation assez vive avec Albert, Lucie s'échappa de la maison de son oncle. Il avait fait une belle et chaude journée de juin. Le soleil s'était couché dans un lit de nuages pourprés. L'air résonnait de mille bruits divers, mélancoliques adieux que le soir semble adresser au jour qui fuit. Lucie avait oublié sa prison. Plus de

contrainte, plus de visage grimaçant le sourire. Elle est libre ; elle va s'abandonner à une
douce rêverie. L'exubérante sève de la nature la pénètre, double la force de son sang ;
la brise qui se joue dans ses cheveux la caresse de sa molle et tiède haleine. Lucie marchait avec rapidité, ou plutôt elle fuyait, lorsqu'à l'extrémité d'une prairie, près d'un
hallier, elle rencontra un individu qui fit un
mouvement pour l'éviter. Mais elle le reconnut.

— Maurice ! dit-elle.

— Mademoiselle Delaborde, dit froidement
le jeune homme, je vous salue.

Et de nouveau il chercha à s'éloigner.

— Pourquoi fuyez-vous à mon approche,
Maurice ?

— Mademoiselle, je vous dois le respect, et
le monde auquel vous appartenez vous ordonne de tenir votre rang, de garder votre
fierté envers les gens de ma condition.

— Sommes-nous donc étrangers l'un à
l'autre ? Ne vous ai-je pas une sincère reconnaissance ? Sans vous, existerais-je à cette
heure ?

— Je ne mérite pas tant de gratitude pour une action que mille autres eussent faite à ma place. J'ai suivi l'impulsion de mon cœur, voilà tout. Et je vous prie, Mademoiselle, de nous séparer ici. Dans votre position, à la veille de contracter un lien sacré, je serais désolé que M. Albert, qui me traite avec hauteur, avec mépris, nous rencontrât ensemble.

Lucie avait enfin l'explication de la subite disparition de Maurice et de la froideur qu'il lui montrait.

— Personne n'a le droit de vous mépriser, dit-elle ; et mon cousin moins qu'un autre. N'avez-vous pas été reconnu digne, par votre intelligence, d'être placé à la tête des ouvriers de son père. Mais revenons à mon mariage, car il ne vous déplaît pas d'en parler, je pense.

— Bien au contraire, répondit Maurice en se contraignant, je vois avec plaisir qu'il doit assurer votre bonheur.

Soit qu'elle fût poussée par cet irrésistible penchant des femmes à tourmenter les êtres qui leur sont chers, soit qu'elle voulût punir

Maurice d'avoir douté d'elle, Lucie reprit d'un ton légèrement ironique.

— Maurice, je vous invite à mes noces. J'espère que vous ne pousserez pas le respect jusqu'à me refuser ce que je vous demande avec instance.

— Mademoiselle... balbutia Maurice, cela m'est impossible... Je ne puis.

— Ah ! je vois que je n'ai pas assez abaissé ma fierté. Faut-il donc vous avouer que j'ai le plus grand désir que vous assistiez à la célébration de mon mariage?

Devant cette cruelle obstination, le calme étudié de Maurice s'évanouit. La passion, qui grondait sourdement dans son cœur, éclata.

— Écoutez-moi, Lucie, dit-il d'une voix que l'émotion rendait chevrotante. Il y eut un insensé qui, perdu dans son obscurité, osa lever les yeux sur vous, belle et riche. Il vous aima de toute la puissance d'une âme ardente. Ah ! cela vous surprend. En effet, n'existe-t-il pas entre les classes de la société des lignes de démarcation nettement tracées? Mais le cœur ne connaît ni barrières, ni distinctions. Dans sa folle ardeur, il va à la plus belle et à

la plus riche créature comme à la plus humble. Notre audacieux reçut un terrible châtiment pour avoir un instant oublié que la
fortune donne à ses élus toutes les joies, tous
les bonheurs, et que la pauvreté ôte à ses
enfants jusqu'au droit d'aimer. Il faillit devenir fou à la nouvelle de vos fiançailles avec
votre cousin. Cependant la raison lui vint en
aide. Il eut le courage d'arracher la passion
de ses entrailles. Il s'imagina qu'un beau rêve
lui était apparu, qui aurait peut-être au ciel
sa réalisation. Et lorsqu'à peine ce feu qui
embrasait sa poitrine est éteint, lorsque ses
brûlants désirs sont encore mal ensevelis,
vous voulez qu'il assiste au triomphe de son
rival, vous l'invitez aux brillantes fêtes de
votre mariage. Non, il ne s'y trouvera pas, il
en sortirait la rage et la révolte dans le cœur.
Non, il n'ira pas. Il ne veut pas blasphémer
Dieu ! »

A cette véhémente apostrophe, Lucie répondit avec douceur :

« Maurice, prenez garde ! la douleur nous
rend quelquefois injuste. Ce monde privilégié
que vous réprouvez renferme des âmes fières,

rétives au joug, qui préféreraient une naissance obscure à la vie factice et fardée qui leur est imposée. Comme Laocoon enlacé, étouffé par les replis des serpents de Ténédos, elles se débattent vainement au milieu des préjugés qui les entourent. Songez un instant avec moi, Maurice, à la position d'une jeune fille riche dont les sympathies sont acquises à un jeune homme pauvre et obscur. Ses parents, trop orgueilleux pour approuver son sentiment, veulent unir sa destinée à un époux de son rang. Si elle leur oppose quelque résistance, elle ne trouvera aucun appui autour d'elle. Et souvent celui-là même qui aurait dû être le premier à la soutenir, prompt à accepter un faux bruit, une calomnie, l'abandonnera à sa faiblesse et à son isolement.

Il se fit une lumière dans l'esprit de Maurice.

— Lucie ! s'écria-t-il avec exaltation, je n'ose croire à mon bonheur. Oublierez-vous les reproches d'un insensé que la foudre du ciel n'a pas frappé lorsqu'il accusait un ange de courage et de vertu !

— Je croyais, Maurice, que l'amour n'existait pas sans la foi ?

— Pardonnez-moi, Lucie. J'ai tant souffert à l'idée de vous perdre pour toujours. Mais comment se fait-il que dans toute la ville il ne soit question que de votre mariage avec M. Albert ?

— Je reconnais là l'œuvre de M. de Barcas et de mon cher cousin. En répandant ces bruits mensongers, ils croient décourager mes efforts. Ma fermeté ne le cédera en rien à leur méchanceté. Je vous le jure ici, Maurice, si l'heure de mon union avec Albert doit sonner, elle sera pour moi la dernière !

— Oh ! supplice ! s'écria Maurice, vous savoir entourée d'ennemis et ne pouvoir voler à votre secours. N'être qu'un misérable que l'on chasserait comme un valet s'il osait déclarer qu'il vous aime. A cette pensée, que vous avez rougi de moi, mon âme se soulève indignée. Je voudrais effacer au prix de mon sang l'injuste mépris qui s'attache à ma condition. Par instants, je forme d'ambitieux projets. Il me semble que j'ai en moi une puissance à la manifestation de laquelle les

hommes accordent leur admiration. Ce langage vous étonne, chère Lucie. Vous croyiez
mes idées arrêtées aux devoirs de mon état.
Il n'en est pas ainsi. Le jour, je suis tout
entier à mes travaux, aux cris de douleur
qu'un rude labeur arrache à mes frères;
mais la nuit venue, je dépose le fardeau des
tristes pensées. Alors que les cieux sont
étoilés, et que dans le lointain j'entrevois de
ma chambre votre blanche maison caressée
par les timides rayons de la lune, la rêverie,
comme une douce sœur, vient s'asseoir à
côté de moi. Mon esprit, bercé par les mys-
térieuses voix de la nuit, s'élance dans d'i-
déales régions. Les ombres des grands
peintres m'apparaissent et semblent me
dire : « Entre elle et toi, il y a un abîme
que tu peux franchir. Travaille, espère.
L'amour a été le principe et la fécondation
de notre glorieuse existence. » Si vous ne me
fussiez pas apparue, Lucie, comme tant d'autres, triste et résigné, j'aurais tracé mon pénible sillon; mais, après vous avoir vue,
suis-je bien coupable de rêver les gloires de
l'artiste. Oh ! pour me rendre digne de vous, il

n'est pas d'efforts dont je ne me sente capable.
Par un travail incessant, peut-être parviendrai-je à m'élever jusqu'aux sereines régions
des esprits d'élite. J'aurai dans la poursuite
de mon but l'ardeur et la confiance du juste,
dont le front est éclairé par l'espérance de
l'immortalité. Vous jetterez dans mon ciel
sombre la douce et pure lumière de l'étoile.
Régénéré par la gloire et le travail, si nos deux
mains peuvent s'unir un jour, Lucie, je possèderai toutes les joies du ciel et de la terre.

— Je prie Dieu qu'il vous donne assez de
force pour triompher des obstacles qui nous
séparent....

— Je m'égare !.... interrompit Maurice
d'une voix qui fit tressaillir la jeune fille.
Mon espoir est insensé. Lucie, fuyez-moi,
oubliez-moi. Ma honte ne doit pas rejaillir
sur vous....

— Vous avez encore un secret à m'apprendre, dit Lucie d'un ton de reproche.

— Malheur sur moi ! Je n'ai pas de nom,
pas de famille !

— Vous n'êtes pas le fils de Jérôme Ballue
et le frère de Juliette ?

— Non, Lucie. Ma pauvre mère fut séduite et abandonnée. Repoussée de tous, n'ayant pas d'asile pour abriter sa tête, elle mourut sur la route de Saint-Georges, où celui que je nomme mon père me trouva. Doué d'une âme généreuse et compatissante, il m'éleva comme si j'eusse été son fils. Vous le voyez, Lucie, la puissance même d'un ange ne saurait conjurer la fatalité qui pèse sur ma destinée.

— Espérance et courage, Maurice !

Ce fut dit d'un ton si doux et si pénétrant, que Maurice crut entendre une voix divine. Transporté d'admiration pour la jeune fille, il tomba à ses genoux. Lucie lui tendit une main qu'il couvrit de larmes et de baisers.

— Oh ! maintenant, quoi qu'il arrive, s'écria Maurice en se relevant, j'ai du bonheur pour toute ma vie !....

En ce moment, un ricanement diabolique, répété d'échos en échos, troubla le silence de la nuit. Les jeunes gens restèrent un instant immobiles, glacés de terreur.

— Ciel ! s'écria Lucie, nous aurait-on écoutés ?

Le bruit avait cessé.

En un bond Maurice se trouva derrière la haie. Il n'y avait personne.

— Peut-être est-ce une illusion de nos sens, dit Maurice très-peu rassuré lui-même et s'efforçant de calmer les alarmes de Lucie. Peut-être, ajouta-t-il, moitié sérieux, moitié plaisant, est-ce le diable qui s'était embusqué derrière cette haie pour nous railler ?

Cette fois, Maurice avait raison. Satan ne jette-t-il pas son sarcasme à tout ce qui se dit et se fait ici-bas : aux belles promesses d'amour, d'amitié, de vertu ; aux rêves du poète ; aux projets de l'ambitieux ; à la misanthropie de l'honnête homme ; aux naïves croyances de la jeunesse ; au monotone et vain bourdonnement de la civilisation ; à notre société, courtisane hypocrite qui prêche le bien et se vautre dans le vice, qui vante à ses enfants la grandeur d'âme, l'héroïsme, le désintéressement, et se fait petite et mesquine.

Oh ! Satan, ce rieur éternel, qui sait le dénoûment des choses terrestres, s'égaie au spectacle que nous lui donnons.

Les hommes se lancent dans l'arène de la vie. Comme les flots tumultueux d'une mer soulevée par la tempète, ils se brisent en se heurtant les uns contre les autres. Satan écoute. De cette mêlée humaine sort un concert étrange, hybride, monstrueux, de rires et de pleurs, d'éclats de joie et de cris de douleurs! Des chants funèbres, discordants, assombrissent une musique vive, joyeuse, folle. Enfin les plus heureux dans cette lutte vont atteindre le but de leurs fatigues, ils y touchent, mais tout à coup un abîme s'entr'ouvre sous leurs pas et les engloutit. Pendant qu'ils s'essoufflaient, Satan creusait leurs fosses en ricanant! Et tout ceci pour vous dire qu'un démon, sous la forme humaine de M. de Barcas, avait suivi Lucie, et, caché derrière la haie, avait attentivement écouté son entretien avec Maurice. Les jeunes gens, troublés par le rire moqueur de M. de Barcas, triste présage de leur avenir, se séparèrent assez tristes et s'éloignèrent, chacun de son côté.

CHAPITRE VI

Les Ouvriers.

En bon psychologiste, M. de Barcas savait que la vue ravive, accroît la passion de deux amants, mais que le temps et l'absence en triomphent presque toujours. Faute d'aliment, le feu s'éteint; il devait en être de même du fantasque amour de Lucie. Le seul moyen d'assurer son mariage avec son cousin, c'était donc de la séparer de Maurice ; il ne s'agissait plus que d'amener un conflit entre M. Delaborde et son contre-maître, ce qui n'était pas facile. Le manufacturier affectionnait particulièrement Maurice, car il avait en lui un contre-maître qui rendait de grands

services à son industrie en dirigeant sa fabrique avec intelligence et activité. Mais rien
n'était impossible à M. de Barcas : sa féconde
imagination ne tarda pas à lui fournir les
moyens de réaliser ses projets ; il insinua au
manufacturier que ses prix de main-d'œuvre
étant supérieurs à ceux des autres fabriques,
il devait les abaisser d'autant. M. Delaborde,
qui prêtait une oreille complaisante à tous ses
conseils, le crut sur parole et changea son
mode de paiement. Ce qu'avait prévu le rusé
chevalier arriva : les ouvriers quittèrent
spontanément la fabrique, refusant de travailler aux prix qui leur étaient proposés.
Leur résistance fut approuvée de Maurice,
qui leur promit d'obtenir du manufacturier
que leur rétribution ne fût pas changée ; il
demanda à cet effet une entrevue à M. Delaborde ; elle lui fut accordée.

« Eh bien, dit le manufacturier à son contre-
maître, qu'est-ce que cela veut dire ? mes ouvriers se mutinent ?... Que signifie ce refus
de travail ? croient-ils par là me jeter dans
l'embarras ? Mais avant huit jours j'aurai autant de bras qu'il me plaira d'en occuper.

— J'espère, Monsieur, que vous n'aurez pas recours à un pareil expédient. Je me présente ici pour appuyer les réclamations de vos ouvriers ; depuis longtemps les prix de main-d'œuvre n'ont pas été changés, et vous conviendrez avec moi que c'est justice de les maintenir.

— Nous sommes au-dessus des prix de tous les fabricants.

— Je vous demande pardon. Entre eux et nous il n'y a pas la plus petite différence.

— Cette diminution est si peu de chose vraiment...

— Vous oubliez que les ouvriers vivent de peu de chose.

— Parlez à M. de Barcas, dit le manufacturier poussé dans ses derniers retranchements, cette affaire le regarde.

— Je m'adresse de préférence à vous, Monsieur, répliqua Maurice, parce que je ne vous ai jamais trouvé mal disposé, comme M. de Barcas, à écouter de justes observations. Vous ne voudrez pas réduire à la mendicité vos ouvriers, dont la plupart comptent dix années de travaux dans votre fabrique ; songez

que, tout en vous enrichissant, ils sont restés
pauvres, dénués de tout. Je vous prie de vous
souvenir de leurs services et de maintenir
votre paiement ordinaire.

Le raisonnement de Maurice convenait mé-
diocrement à M. Delaborde, et il allait y répondre avec aigreur, quand une rumeur
sourde, venue du dehors, détourna le cours
de ses idées.

— Qu'est-ce que ce bruit? demanda-t-il à
Maurice.

Le jeune homme ouvrit les croisées du
salon qui donnaient sur une belle prairie
où s'étaient réunis, avec leurs familles, les
deux cents ouvriers de la fabrique Delaborde.

— Voyez-les, dit Maurice en les montrant
du geste au manufacturier; ils sont là; ils
attendent que vous prononciez leur sort. Oh!
vous n'engagerez pas la guerre impie du
riche et du pauvre avec des gens qui défen-
dent leur pain de chaque jour, la vie de leur
famille. Qu'il est beau d'être puissant, d'être
riche! Dites un mot, et ces hommes si tristes
se livreront à la joie, et toutes ces femmes,

5.

vous appelant leur bienfaiteur, apprendront à leurs enfants à bénir votre nom !

M. Delaborde aurait peut-être cédé à la chaleureuse plaidoirie de son contre-maître si l'entrée de M. de Barcas et d'Albert n'eût changé ses dispositions.

D'un coup d'œil le chevalier devina la situation. Maurice sentit sa cause perdue.

— Savez-vous ce qui se passe en ce moment ? dit M. de Barcas au manufacturier en simulant une grande agitation. Savez-vous que vos ouvriers sont en pleine révolte ; tout à l'heure, en passant à côté d'eux, j'ai entendu proférer contre vous d'horribles menaces.

— Mille diables ! s'écria Albert, cette canaille que je voulais cravacher a failli me mettre en morceaux ; sans la présence d'esprit du chevalier, j'étais perdu.

Une rumeur plus terrible et plus menaçante que la première vint justifier les assertions d'Albert et de son ami. M. Delaborde devint livide ; un frisson parcourut tous ses membres.

— Tranquillisez-vous, reprit M. de Barcas,

à qui l'effroi du manufacturier n'était pas échappé ; les autorités sont prévenues ; elles doivent avoir déjà donné des ordres pour disperser ce troupeau de misérables. Oh ! il faut qu'un châtiment exemplaire atteigne l'instigateur de cette révolte, celui qui, abusant de son influence sur les ouvriers, leur a conseillé de quitter la fabrique en leur disant :

— Montrez-vous menaçants, et vos exigences seront satisfaites.

— Vous connaissez cet instigateur ?

— Oui.

— Nommez-le-moi, dit le manufacturier en essayant de se mettre en colère pour donner le change au tremblement nerveux qui l'agitait ; nommez-le-moi, et celui-là, quel qu'il soit, paiera pour tous.

— Le coupable est devant vous, dit M. de Barcas en désignant Maurice.

— Maurice ! s'exclama M. Delaborde étonné.

— Je donne un démenti formel aux accusations de Monsieur le chevalier. Contrairement à ce qu'il dit, j'ai engagé les ouvriers à apporter la plus grande modération dans la réclamation de leurs droits.

— Mensonge! s'écria M. de Barcas avec impudence. Sont-ce des gens disposés à la tranquillité qui se réunissent en masse et hurlent comme des bêtes féroces.

— Leur réunion devant la fabrique est tout à fait inoffensive. Trop confiant dans le succès de ma mission, j'espérais obtenir de M. Delaborde qu'il maintînt ses prix, et je devais en instruire les ouvriers en me montrant à cette croisée. Leurs cris, que je suis loin d'approuver, sont, de leur part, de simples marques d'impatience.

— Oui, des marques d'impatience qui se traduisent par une coalition, une grève, des menaces et des intimidations. Mais il existe heureusement des lois répressives des coalitions, et nous les invoquerons.

Une nouvelle rumeur des ouvriers sembla confirmer les paroles de M. de Barcas et décontenança le manufacturier.

— Allons, monsieur Maurice, dit le chevalier d'un ton goguenard, puisque vous êtes le héros de cette révolution, mettez-vous aux fenêtres, votre présence apaisera ces enragés.

— Je n'ai jamais trompé personne, M. de Barcas, répliqua rudement Maurice. En me voyant, les ouvriers croiraient à la réalisation de leurs vœux.

— Maurice, dit le manufacturier, pâle de frayeur, vous n'appartenez plus à ma maison !

Un éclair de joie passa sur le visage de M. de Barcas.

— Je vois avec peine, M. Delaborde, dit Maurice, que vous ajoutez foi aux calomnies de M. le chevalier. En ayant l'air de prendre vos intérêts, il vous pousse dans une fausse voie. Ceci est facile à constater, car votre fabrique a périclité depuis que vous lui avez laissé la conduite de vos affaires. Je doute, en revanche, que les siennes soient dans un mauvais état. L'amitié coûte parfois cher.

— Est-il nécessaire de répondre à de semblables imputations ! s'écria M. de Barcas.

— Pas tant de fierté ! Monsieur le chevalier, répliqua Maurice. Au besoin, je fournirais les preuves de ce que j'avance.

M. de Barcas interrogea d'un regard inquiet la physionomie du manufacturier; elle était calme.

— Mon ami, fit M. Delaborde, imitez-moi. Je suis sourd aux calomnies.

— Je déplore que vous cédiez aux perfides suggestions de monsieur le chevalier, dit Maurice avec fermeté. Pour moi, je me retire avec la conviction que j'ai fait mon devoir.

Lucie était entrée sur ces dernières paroles.

— Vous partez, Maurice, dit-elle.

— J'obéis à votre oncle, Mademoiselle.

— Oh! c'est impossible. Mon oncle, vous n'avez pas donné un tel ordre. Maurice n'est pas coupable; de quoi l'accusez-vous? Il ne partira pas; vous le gardez, n'est-ce pas!

— Comment ma cousine, dit Albert avec un sourire méprisant, peut-elle s'abaisser jusqu'à soutenir ce rustre!

A cette insulte, Maurice, hors de lui-même, fit un mouvement pour se précipiter sur Albert, mais un geste de Lucie le contint.

— Rustre, tant que vous voudrez, répliqua la jeune fille, mais ce rustre-là m'a sauvé la vie au péril de la sienne; et si j'ai bonne mémoire, en une pareille circonstance, vous ne l'imitâtes point, mon cousin. Les rustres au-raient-ils seuls le privilége de la générosité et du dévouement?

De dépit, Albert se mordit les lèvres et se retourna vers le chevalier,

Le manufacturier se trouvait entre sa nièce et son fils; à l'un des angles du salon, Mau-rice dévorait ses outrages et du fond du cœur remerciait la généreuse Lucie, qui, placée à côté de lui, semblait le couvrir de son égide.

— Mon oncle, reprit Lucie, je vous en prie, conservez à Maurice la direction de votre fa-brique.

— Je ne reviens jamais sur ce que j'ai dit, Mademoiselle; Maurice ne fait plus partie de ma maison.

— Eh bien! s'écria Lucie en s'animant, puisque vous le chassez, chassez-moi donc aussi. Je l'aime!

Cet aveu stupéfia le manufacturier.

M. de Barcas, suffisamment renseigné, attendait là Lucie.

— Ah! voici la cause de votre résistance à mes volontés, dit naïvement M. Delaborde.

— Veuillez m'écouter sans colère, mon
oncle. Je vous conjure de tenir le serment
que vous fîtes à ma mère mourante : vous
lui jurâtes d'assurer mon bonheur. Eh bien,
mon oncle, permettez-moi de devenir l'é-
pouse de Maurice. Avec lui seulement ma vie
sera heureuse; vous me réduiriez au désespoir en me destinant à un autre. Maurice
n'a pas de fortune, mais je suis riche, moi.

— Vous êtes folle, ma nièce.

Un éclat de rire du chevalier suivit la
cruelle réponse de M. Delaborde.

Maurice et Lucie tressaillirent en même
temps; ils avaient déjà entendu quelque
part ce rire sardonique.

— En vérité ! s'exclama M. de Barcas avec
l'accent d'une profonde surprise, j'ai de la
peine à croire ce que j'entends. Eh quoi !
monsieur Maurice prétendrait à la main de
la riche héritière de Maria Storeni ; c'est une
plaisanterie. A-t-il donc oublié qu'il est l'enfant d'une misérable femme, d'une fille perdue ? Faut-il lui rappeler que sa naissance
fut un crime, qu'il fut trouvé sur la route de
Saint-Georges, près du cadavre de sa mère,

et élevé par charité à l'école de Jérôme Ballue?
Assurément mademoiselle Lucie ignore ces
petits détails, car je ne veux pas lui supposer
l'intention de déshonorer sa famille par une
telle alliance. Voyons, monsieur Maurice,
suis-je un fidèle historien?

Maurice, l'œil en feu, les narines gonflées,
s'élança vers M. de Barcas.

— Taisez-vous! lui dit-il; pas un mot de
plus ou il me faudra votre vie! Ah! je ne
suffis pas à votre rage... ah! vous me voyez,
la tête courbée sous vos sarcasmes, et vous
n'êtes pas satisfait! Vous poussez l'outrage
jusqu'à ma mère, une martyre! Il n'y a
qu'un lâche qui puisse ainsi calomnier la
mémoire d'une femme. Oui, vous êtes un
lâche, M. de Barcas!

La physionomie du chevalier prit une expression terrible; mais, faisant un suprême
effort sur lui-même pour ne pas se commettre
avec Maurice, il dissimula son ressentiment
sous un sourire de dédain.

— Adieu, Mademoiselle, dit le jeune
homme la voix pleine de sanglots. Oubliez
Maurice, qui se souviendra éternellement de

vous, car vous êtes la seule âme dans ce
monde qui lui ait été sympathique. Si j'étais
né riche et heureux comme monsieur Albert,
ou illustre comme monsieur le chevalier, il
m'eût été permis de vivre avec vous, mais
Dieu ne l'a pas voulu. Et le fils de Madeleine
Simon doit se résigner à son sort ; sa mère
lui en a donné l'exemple. Encore une fois,
Mademoiselle, adieu et merci !

M. Delaborde fut pris de vertige.

— Mon fils ! murmura-t-il en tombant fou-
droyé sur un fauteuil, pendant que Maurice
sortait.

Lucie, désespérée, se retira dans sa chambre pour y pleurer en liberté.

L'attention de M. de Barcas était concentrée sur le manufacturier dont la physionomie
bouleversée et les yeux égarés lui donnaient
à penser ; il avait remarqué son émotion au
nom de Madeleine Simon.

— Est-ce que d'une pierre j'aurais fait
deux coups, se dit-il ; je ne me savais pas si
adroit !

Albert emmena le chevalier.

Resté seul, M. Delaborde respira plus à l'aise.

Mille idées confuses se disputaient son cerveau.

— Maurice! fit-il en essuyant les gouttes de sueur qui perlaient sur son front; Maurice, trouvé sur la route de Saint-Georges, près du cadavre de sa mère! O mes souvenirs! Cette femme mourante pour laquelle je me montrai sans pitié dans la nuit du 9 janvier, c'était donc Madeleine; ce cri de désespoir qui résonne encore à mes oreilles, c'était le sien. Oh! malheureux! malheureux! c'est moi qui l'ai tuée! Et j'ai chassé Maurice de ma maison!

Après cette explosion de sa conscience, le manufacturier revint à son état normal; la réflexion, ou plutôt le calcul, lui fit envisager cet événement sous un autre jour. L'homme sensible s'évanouit; à sa place surgit le calculateur, l'égoïste commerçant dont le cœur est un morceau de parchemin et la tête une machine à chiffrer.

— Quelle honte pour moi, se dit M. Delaborde, si l'on eût découvert que Maurice est mon fils! Que de discussions, d'embarras, de troubles dans ma famille! A moins de le re-

connaître, ce qui eût été impossible, il aurait
fallu tôt ou tard en arriver à une séparation;
sa présence d'ailleurs m'eût trop souvent rap-
pelé le sort de Madeleine. Allons, à ce compte-
là, les choses se sont bien passées.

Le manufacturier ratifia cette belle opéra-
tion par son sourire le plus fin.

CHAPITRE VII

Frédéric de Marvennes.

Éléonore Barié, subitement transportée de la mansarde dans de somptueux salons, échangeant les privations de la misère contre les jouissances du luxe, fut quelque temps émerveillée, éblouie de son nouveau sort. Mais elle sentit bientôt peser sur elle la main de fer de M. de Barcas. Elle souffrait d'autant plus de ce joug, qu'un invincible orgueil formait le fond de son caractère. Cette passion, aiguillonnée par le chevalier de Barcas, avait été le principe de toutes ses fautes. Pour la satisfaire, elle avait trahi ses devoirs de mère et vaincu ses répugnances de femme.

En fuyant la pauvreté, Éléonore n'avait pas rencontré le bonheur. Si elle eût vécu à Paris, dans le tourbillon des fêtes et du bruit, comme tant d'autres femmes, elle eût peut-être oublié son passé, mais la voix de sa conscience se faisait trop clairement entendre dans le silence de sa villa de Tours. Le souvenir de Frédéric de Marvennes, comme un serpent, la mordait sans cesse au cœur.

Grâce aux émotions qu'avait données le renvoi de Maurice, personne, ce jour-là, ne s'était inquiété de Mme Delaborde, qui, en proie à une vague tristesse, à un malaise d'esprit, s'était enfermée dans ses appartements. Elle se donnait une peine incroyable pour chasser les noirs pressentiments qui assiégeaient son âme.

Elle ouvrait et refermait sa croisée ; se plaçait devant sa psyché, se trouvait pâle, tourmentait les luxuriantes grappes de ses cheveux ; puis, lasse de chercher en vain des distractions, revenait s'asseoir sur son canapé et songeait, les paupières presque entièrement closes.

Devant elle tournoyaient les fantômes de

sa jeunesse, comme les feuilles mortes au gré de la brise du soir. La femme du monde, dont le cœur saignait sous les dentelles et les diamants, était remplacée par la leste et pimpante grisette, riche d'amour et de gaieté ; le port de la grande dame par la libre allure de la fillette. Mais les riantes visions s'évanouissaient devant le hideux spectre de la Misère.

Éléonore allait recommencer son manége de lionne emprisonnée, quand elle se trouva en face d'un homme qui, dans l'immobilité d'une statue, dardait sur elle les deux éclairs de ses yeux.

Épouvantée, la tête perdue, Éléonore recula de quelques pas et retomba sur son canapé, affaissée sur elle-même.

Elle avait reconnu Frédéric de Marvennes !...

Par où est-il entré ? Comment ne l'ai-je pas entendu ? Dieu ! pendant qu'il était là, si j'avais parlé !...

Ces rapides pensées assaillirent à la fois l'esprit de Mme Delaborde.

Pour tout autre qu'elle, Frédéric de Mar-

vennes eût été méconnaissable. Seize ans
l'avaient bien changé. Ce n'était plus le bel
officier à la tournure martiale, au regard doux
et fier, au sourire confiant. La douleur avait
flétri cette face humaine ; les tristes pensées
avaient creusé de profondes rides à ce front ;
bien des déceptions étaient exprimées par ce
sourire. Peu à peu le doute gagna Éléonore
elle-même , et de son ton le plus digne et le
plus assuré, elle dit au nouveau venu :

— Qui êtes-vous, Monsieur, et que voulez-
vous?

— Vous m'adressez là, Madame, deux questions très-brèves auxquelles il me faudra répondre très-longuement. Qui je suis? C'est
toute une histoire. Êtes-vous disposée à l'é-
couter ?

— Oui, Monsieur.

— Vous devez vous rappeler, Madame, de
la terreur qui pesa sur la France après les
Cent-Jours. Les braves qui avaient défendu
vaillamment leur patrie à Waterloo fuyaient
devant des bandes d'assassins. Les royalistes
les traquaient comme des bêtes fauves, et les
massacraient sans pitié. Entre tous les offi-

ciers, Frédéric de Marvennes avait été le premier à déserter la cause de Louis XVIII pour celle de Napoléon. Aussi fut-il condamné à mort par une cour prévôtale. Mais Frédéric ne voulait pas mourir. Il avait sur la terre deux êtres qui lui faisaient chérir la vie, une femme et un enfant. Après avoir échappé au massacre de Marseille, à mille dangers, il toucha enfin le sol étranger. Frédéric avait quitté sans trop de regret la France livrée aux lâches et aux assassins, car Éléonore, sa maîtresse, lui avait juré de se dévouer à l'enfant qu'elle venait de lui donner... Mais vous paraissez émue, Madame ?

— Oui... en effet... ce récit m'impressionne... dit avec égarement madame Delaborde.

— Aussitôt que Frédéric fut installé dans une ville de la Suisse, il manda à Éléonore qu'elle lui écrivît sous le nouveau nom qu'il avait pris. On ne répondit pas à sa lettre. Plusieurs autres eurent le même sort. Dévoré d'inquiétude, craignant que quelque malheur ne fût arrivé à la mère de son enfant, Frédéric brava tous les dangers et revint en

France. Il alla frapper à la porte de la mansarde qu'habitait sa maîtresse ; des figures étrangères lui apparurent. Il demanda ce qu'était devenue Éléonore Barié. On lui répondit qu'elle était partie un matin en grande toilette, accompagnée d'un homme richement vêtu. Comprenez-vous, Madame, ce que dut souffrir Frédéric en apprenant que cette femme dont il avait reçu, à son départ, mille serments d'amour et de fidélité, s'était jetée dans les bras d'un autre. Oh ! son cœur se brisa dans sa poitrine... Mais vous tremblez, Madame.

Éléonore ne répondit pas, mais les palpitations et le bondissement de son sein trahissaient une émotion profonde.

— Fou de douleur, Frédéric ne prit pas la peine de se cacher. Il fut arrêté et jeté dans une forteresse. Il y vécut dix années, torturé par le doute et l'anxiété, car il ignorait le sort de sa fille ! Rendu à la liberté en 1825, le prisonnier put assister aux derniers moments de son vieil oncle, qui lui laissa une fortune. Mais que lui importait la richesse ? N'éclairait-elle pas d'un plus grand jour les misères de son âme? Sa fortune, il l'aurait donnée pour un baiser de sa fille qu'il avait pleurée dix ans dans un cachot. Cependant Frédéric avait le pressentiment qu'elle existait. Soutenu par un rayon d'espoir, il se mit à la recherche d'Éléonore. Il fouilla les coins et les recoins de la France, mais la perfide avait effacé tout vestige de son passé. Après cinq années d'efforts stériles, Frédéric s'était arrêté aux environs de Tours, lorsque le hasard, ou plutôt Dieu, lui fit rencontrer celle qu'il cherchait en vain depuis si longtemps. Un beau jour, il se présenta chez Éléonore. Savez-vous, Madame, comment elle l'accueillit? Oh! vous ne croirez pas à tant d'ignominie. Plus éhontée qu'une courtisane, Éléonore lui demanda ce qu'il était et ce qu'il voulait!

Frédéric s'avança alors vers madame Delaborde, et, lui saisissant les mains, il la foudroya de ces paroles :

— Vous avez donc commis quelque crime, Madame, puisque vous tremblez comme une coupable!...

— Grâce ! s'écria Éléonore, terrifiée sous le feu des regards de son accusateur.

— Dieu avait confié à votre garde une innocente créature, qu'en avez-vous fait, Madame ?

— Pitié ! Frédéric, je ne t'ai pas oublié !

— Oh ! je ne vous ai pas cherchée cinq années, Madame, pour vous adresser les sots reproches d'un amant trompé : l'amour est une fleur flétrie et fanée dans mon âme. Je suis venu vous demander ma fille. Elle existe, n'est-ce pas ? Oh ! rends-la-moi, Éléonore, et je te jure sur elle de ne pas troubler ta vie. Tu ne me reverras jamais ; mais réponds-moi donc, où est ma fille ?

— Je l'ignore, dit madame Delaborde, si bas que Frédéric l'entendit à peine.

— Infâme ! tu as commis un infanticide !

— Est-ce qu'une mère peut tuer son enfant ? Écoute-moi, Frédéric, tu vas apprendre la vérité tout entière. A Paris, je manquai de travail, et bientôt je tombai dans le dernier degré de la misère. Un infernal tentateur m'offrit alors le moyen de me délivrer de ses maux. Il me fascina par la perspective d'un brillant mariage. Pour le conclure, il fallait tromper M. Delaborde ; je devais me séparer de mon enfant. Ayant perdu tout espoir, car je croyais que tu avais succombé dans les massacres de Marseille, j'acceptai.

— Oh! mon Dieu!

— L'homme à qui je livrai ma fille, après avoir eu la précaution de passer autour de son cou mon portrait en médaillon, m'avait promis de la faire élever secrètement par une nourrice, mais il me trahit. Il la déposa la nuit sur les marches de Saint-Roch. Caché derrière un pilier de l'église, il vit arriver un passant qui, attiré par les cris de l'enfant, prit son berceau et l'emporta.

Frédéric, tu as entendu le sincère aveu de mes fautes. Ne sois pas un juge trop sévère pour moi. Oh! j'ai bien souffert avant d'abandonner mon enfant!

— Ainsi tu te livres sans remords aux plaisirs que donne la richesse, lorsque ta fille mendie peut-être son pain sur une grande route ; tu te pares avec coquetterie lorsqu'elle manque de vêtement ; tu goûtes les jouissances de l'orgueil lorsqu'elle est humiliée et insultée par ta faute, et tu dis que tu ne l'as pas tuée !

6.

— Tais-toi, Frédéric! par grâce, tais-toi! dit madame Delaborde, la respiration haletante. Je serais perdue si l'on t'entendait! Oh! plus bas! plus bas!...

— Tu crains le scandale, Éléonore. En effet, n'es-tu pas universellement respectée et admirée; n'es-tu pas la reine de la bonne ville de Tours, l'âme de ses réunions, de ses soirées? Ah! si tu étais montrée au doigt, si tu devenais un objet de mépris, ce serait un cruel supplice pour ton orgueil. Eh bien! je te l'infligerai.

— Oh! non! tu ne me déshonoreras pas, s'écria Éléonore en se tordant les mains de désespoir.

— Ah! tu as cru qu'il suffisait de jeter sur ses crimes le brillant manteau de la richesse pour qu'ils fussent effacés?... Je l'arracherai de tes épaules, et je montrerai à tous les hideuses guenilles qu'il cache.

— Frédéric! ne me rends pas folle. Ne me perds pas, aie pitié de moi!

— As-tu pitié de ta fille? A genoux, femme sans honneur, mère sans entrailles, à genoux!

En disant cela, Frédéric fit tomber madame Delaborde à ses pieds.

A cet instant, on entendit un bruit de pas.

Éléonore engagea une lutte désordonnée pour se relever, mais ses forces la trahirent. Elle retomba gisante sur le tapis.

M. de Barcas et le manufacturier parurent. M. Delaborde s'avança menaçant vers l'audacieux qui violentait son épouse, mais Frédéric, l'arrêtant d'un geste plein de noblesse, lui dit :

— J'ai des droits sur cette femme. Avant de s'unir à vous, Monsieur, elle était mère, et j'étais son amant !

— Des preuves ! s'écria le manufacturier, des preuves de ce que vous avancez, Monsieur !

Un paquet de lettres roula aussitôt à ses pieds. La stupéfaction de M. Delaborde n'était égalée que par la colère concentrée du chevalier. Quant à Éléonore, elle était comme pétrifiée. Frédéric de Marvennes se dirigea à pas lents vers la porte de l'appartement, se retourna deux fois pour regarder les personnages de cette scène, et sortit tranquillement.

— Oh! je me vengerai! murmura madame Delaborde quand Frédéric fut sorti.

Le manufacturier releva le paquet de lettres et pria M. de Barcas de passer avec lui dans son salon. Lorsqu'ils y furent entrés, M. Delaborde, ne contenant plus sa fureur, dit au chevalier :

— M. de Barcas, vous avez agi envers moi comme un imposteur !

— Soyons parlementaires, dit le chevalier. Expliquons-nous sans emportement.

— Moi qui croyais avoir en vous un ami ! dit le manufacturier en se radoucissant.

— Eh mon Dieu ! je suis l'ami de tout le monde ! répliqua M. de Barcas avec une feinte bonhomie. J'oblige quiconque s'adresse à moi. Par exemple, la vertu n'est pas récompensée dans ma personne, car j'ai fait autant d'ingrats que j'ai rendu de services. C'est à vous dégoûter de la philanthropie, ma parole d'honneur !

— Comment ! il faudra peut-être encore que je vous remercie. Vous me présentez une jeune orpheline qui m'intéresse tout d'abord par son air candide. Vous me dites que vous avez veillé en bon tuteur sur ce trésor de perfections, sur ce parfum de virginité. Me fiant à votre parole, je l'épouse, et il se trouve que cette vierge avait un amant. Allons ! c'est indigne d'un gentilhomme.

— Voyons ! avez-vous eu à vous plaindre de ma pupille depuis qu'elle est devenue votre femme ?

— Non, sans doute.

— Je vous estime à ce compte le plus heureux des mortels mariés. Sur cent maris, il n'y en a pas deux qui jouissent de votre félicité. Souvenez-vous de cet aphorisme, M. Delaborde ; il résulte de mon expérience : Toute femme commet une faute avant ou pendant son mariage. Entre les mille piéges que les démons de l'amour tendent aux femmes, il y en a toujours au moins un qui les prend. Il est donc sage à l'homme d'un certain âge de choisir une compagne éprouvée. Celle-là ne succombe pas à la tentation, n'est pas surprise, car elle est aussi rusée que le diable, que tous les démons de l'amour. Douteriez-vous de mon aphorisme ? Vous plairait-il que j'en fisse l'application. Citez-moi la réputation

féminine la plus solidement établie dans la
ville de Tours, et je me charge de trouver un
démon, une tache dans sa vie de femme ou
de fille.

— Vous raillez selon votre habitude. Ce
n'est pas ici le cas, Monsieur. Je ne veux pas
jouer le rôle de dupe, entendez-vous ? Je ne
resterai pas plus longtemps avec une femme
qui m'a trompé : j'obtiendrai une séparation.
Il y aura du bruit, du scandale, mais ce n'est
pas moi qui aurai à rougir devant les tribu-
naux.

— Vous n'en ferez rien, mon cher Monsieur.

— Et pourquoi, s'il vous plaît ?

— Parce que demain Maurice saurait que
vous êtes son père !...

Le manufacturier fit un mouvement de
stupéfaction et ne répondit rien. En ce moment, Éléonore entra. La douleur lui avait
donné de nouveaux charmes. Deux larmes
semblaient figées sur ses joues. La coquette
avait pris une attitude de Niobé.

Effrayé par les menaces de M. de Barcas,
séduit par l'irrésistible beauté d'Éléonore,

M. Delaborde se trouva littéralement pris entre deux feux, entre deux démons. Il hésita quelques instants ; puis, obéissant à la crainte plutôt qu'à l'amour, il jeta les lettres accusatrices dans le foyer de la cheminée, où en une seconde elles furent la proie d'un feu ardent, et s'écria :

— C'est ainsi que je réponds à la calomnie !

Touchée de cette générosité, madame Delaborde se jeta dans les bras de son mari, qui la pressa avec tendresse sur sa poitrine et tendit la main à M. de Barcas. Le chevalier la saisit en prononçant ces paroles dans lesquelles la menace perçait sous la caresse :

— Il faut que nous soyons toujours amis, M. Delaborde.

CHAPITRE VIII

Les Amis de Job.

Si les crises des nations, en éprouvant les hommes, ont cela d'avantageux qu'elles font surgir les grands caractères, en revanche que de bassesses et de lâchetés elles éclairent! témoins les événements de 1814 et de 1815. Certes, ce fut là une époque fertile en trahisons, en apostasies, en ingratitudes. Tous ces esclaves titrés et enrichis par Napoléon, qui avaient fait de leur dos un marchepied à son despotisme, lui tournèrent casaque dès que son étoile pâlit pour se prosterner devant le nouvel astre qui rayonnait à l'horizon politique. Le soldat seul fut, jusqu'au dernier moment, héroïquement fidèle à son empereur. Frédéric de Marvennes, comme tant d'autres soldats, avait été électrisé par le génie militaire de Napoléon. La gloire lui sourit. Il livra son âme généreuse, enthousiaste, à ses ardents baisers. L'inconstance la trahit à Waterloo. Frédéric pensa alors que l'amour console de tous les rêves évanouis. Il rencontra Éléonore, qui fut le Waterloo de son amour. De tous les biens de la vie, la liberté restait seule à l'officier. Elle lui fut ravie pendant dix années. Frédéric sortit de son cachot courbé comme un vieillard par les souffrances, et fit l'inventaire de ses richesses morales. Ce ne fut pas long. Son cœur ne contenait plus qu'un vivace amour : celui de sa fille. Nous avons vu comment il fut déçu dans ses dernières espérances de bonheur.

Madame Delaborde subit le châtiment dont l'avait menacée Frédéric. Une feuille de Tours publia l'histoire de sa jeunesse ; bien qu'elle ne fût pas nommée dans l'article du journal, les Tourangeaux surent parfaitement la reconnaître. La prédiction de Frédéric se réalisa : elle fut en but au mépris de toutes

7

les femmes, et particulièrement de celles qui
avaient une faute semblable à la sienne à
cacher; celles-là se montrèrent impitoyables
pour elle. Afin de se soustraire à ces humiliations, doublement cruelles dans une ville
où elle avait trôné, Éléonore engagea son
mari à céder sa manufacture. M. Delaborde,
qui se trouvait assez riche, lui obéit sans
peine. Éléonore vint cacher sa honte à Paris,
dans cette immense arène où les flots de
poussière que soulèvent les combattants em-
pêchent de distinguer les spectateurs. Là, du
moins, vous êtes à l'abri de messieurs les
provinciaux qui, une loupe à la main, vous
étudient comme une bête curieuse.

Las qu'il était de servir de jouet au sort,
Frédéric livra les débris de sa vie à la débauche; il la chargea d'achever l'œuvre com-
mencée par la femme. Que vous lui appor-
tiez peu ou beaucoup, dame débauche vous
reçoit toujours avec grâce ; elle sait par expérience qu'elle est la dernière ressource, l'a-
chèvement des cœurs atrophiés au contact
du monde. Aussi, assise sur son trône, attend-
elle tranquillement ses sujets, qui, après bien

des détours, bien des rêves éteints, viennent lui dire : Tue-moi, tue-moi le plus promptement possible ; donne-moi les délires et les convulsions de tes honteux plaisirs.

A la nouvelle, promptement répandue dans la société parisienne, qu'un original gaspillait royalement sa fortune, amis et maîtresses assiégèrent Frédéric. Ces bipèdes-là, comme on sait, ne résistent pas à la puissance du son argentin. Frédéric prit tout sans rien contrôler : les amis pour rire de l'amitié, les maîtresses pour railler l'amour. Il inventa mille folies, mordit à belles dents à la grappe des joies impures, se roula dans l'orgie, mais il épuisa son corps sans avancer son suicide moral. Le bruit passé, l'ivresse dissipée, sa plaie se rouvrait et saignait plus vive. Six mois de cette vie lui parurent six siècles. A la fin de janvier, pour célébrer dignement le carnaval, ce dieu des fous, Frédéric donna dans son hôtel un bal masqué. Il y eut foule, comme à toutes ses fêtes, car elles attiraient par leur magnificence l'élite de la société parisienne ; et puis l'on n'était pas fâché d'entrevoir le héros des steeple-chase, l'heureux

amant des femmes à la mode. Les nombreuses
excentricités de Frédéric piquaient la curiosité publique. L'opposition de sa folle conduite avec son caractère grave et sa physionomie sévère était une énigme que chacun
s'ingéniait à deviner ; n'en trouvant pas le
mot, on lui appliquait l'épithète élastique
d'original. Notre original n'était même pas
en veine de gaieté cette nuit-là ; l'ennui le
prit corps à corps et le terrassa. C'était pourtant au meilleur moment de sa fête. La valse
lascive régnait ; il semblait qu'elle eût prêté
des ailes aux invités, dont les pieds effleuraient à peine le parquet. Les femmes fré-
missaient sous d'amoureuses étreintes. La
foule, entraînée par une musique vive et
passionnée, tourbillonnait en groupes dans un
cercle ardent de voluptés où les souffles
étaient mêlés, les poitrines haletantes, les
regards enivrés. Des girandoles versaient un
torrent de lumière sur ce frénétique pêle-
mêle. Pour ne pas attrister ces bienheureux
de sa présence, Frédéric s'était retiré dans
son salon de réception. L'esprit distrait et
rêveur, il écoutait le bruissement du bal et

les éclats de la musique, qui arrivaient en *crescendo* à son oreille.

— Ils rient et dansent! s'écria Frédéric. Ils oublient!... leurs crimes peut-être! Eh! qu'importe? ils sont heureux. Oh! supplice, ne pouvoir oublier! L'oubli! l'oubli! quelle puissance me le donnera? La mort seule. Vainement je l'ai demandé aux joies de la terre. Mon esprit s'est fatigué, l'amertume s'est amassée sur mon cœur. Oh! je souffre! j'étouffe!... Ma fille, ma pauvre fille! où es-tu?

Une main blanche et potelée s'abattit familièrement sur l'épaule de Frédéric; elle appartenait à une femme jeune et charmante: tête fine, yeux brillants, visage frais et coloré; son sourire de Vénus eût enflammé tout autre que Frédéric. Il la regarda à peine et lui dit d'un air maussade:

— Que me veux-tu, Ernestine?

— Vous demander ce que vous faites ici, Monsieur?

— Belle question! Je m'ennuie.

— Pourquoi vous cacher comme un vilain mélancolique que vous êtes, lorsque vos

invités vous demandent à grands cris. Ingrat,
dans ce bal on n'entend que votre louange.
C'est à en perdre la tête. Votre nom est dans
la bouche de toutes les femmes. Leurs éloges
me rendent fière, et, je l'avoue, presque
jalouse; mais je suis folle, ne m'aimes-tu
pas?

— Parlons d'autre chose, Ernestine.

— Y a-t-il autre chose au monde pour
moi que ton amour. N'est-il pas toute ma
vie? Oh! je ne survivrais pas à la perte de
ton amour. Je n'existe que pour toi, Frédéric.

— Et ton mari?

— Mon mari est un sot et un avare. Il n'a
épousé que ma dot. Grâce à mes efforts, il
est devenu ton plus fervent admirateur. Il
est vraiment bouffon! Frédéric de Marvennes,
me répète-t-il sans cesse, est un homme
extraordinaire! Et il se fâche si l'on n'est pas
de son avis... Mais tu sembles inquiet, préoc-
cupé. Pourquoi cette tristesse, mon Frédéric?
Ah! si tu m'aimais comme je t'aime, tu ne
serais pas triste.

Ernestine s'affaissa amoureusement sur le
divan, près de Frédéric, et effleura à dessein

son visage des longues grappes de ses cheveux blonds et soyeux.

Cette innocente caresse parut désespérer un jeune homme qui était venu se placer sans bruit à l'entrée du salon, d'où il épiait le moindre geste d'Ernestine.

— Et votre amant, Madame? dit Frédéric.

Le jeune homme disparut. Ernestine se troubla.

— Tu es étrange, cette nuit, fit-elle en se rapprochant de Frédéric. Qu'as-tu ?

Le jeune homme reparut. En voyant Ernestine si près de Frédéric, il donna les signes d'un violent désespoir.

— Laissez-moi, Madame, dit Frédéric en se levant. Ayez un peu de compassion pour votre amant, qui vous regarde depuis cinq minutes. Ce pauvre diable est là, tourmenté par le démon de la jalousie....

Ernestine demeura confuse.

— Deux amants et un mari ! Peste ! comme vous y allez, Madame. C'est trop ou trop peu. Les filles en ont plus, les femmes honnêtes moins.

— Vous m'insultez ! fit Ernestine en se redressant comme une vipère sur laquelle on marche.

— Avec vos actes.

— C'est une imposture.

— A quoi sert de nier. Je ne vous en veux pas, Ernestine. Le plaisir n'a-t-il pas été notre but à tous les deux ? L'amour est un mot, un pieux mensonge, un voile diaphane, une belle draperie que la pudeur jette sur le plaisir. Séparons-nous donc sans contorsions ni grimaces. M. Adolphe Favre vous a charmée. Tant mieux pour ce garçon. Cela prouve en sa faveur. Désenchantez votre mari de ma personne, et faites en sorte qu'il reporte son intérêt sur M. Fabre. Cette tâche ne sera pas difficile à votre génie, *démon de l'amour !* Maintenant, ma chère Ernestine, il me reste à vous offrir mon amitié.... avec toutes ses conséquences.

— Que vous êtes brusque et maussade, Frédéric.

— Je ne me suis jamais piqué de galanterie.

— Ah! vous ne savez pas ce que c'est que d'aimer.

— Encore, *mon amie*, dit Frédéric en accentuant le mot *amie*. Allez briller au bal, Ernestine, et dites bien à M. Favre que je ne le rendrai plus jaloux. Adieu.

— Adieu... *mon ami*, fit Ernestine en soupirant.

— Enfin, j'en suis débarrassé! dit Frédéric lorsque la jeune femme fut sortie. Vais-je être en repos à présent?

Il avait à peine fini de parler qu'il entendit bourdonner un essaim d'amis.

— Que le diable les emporte! murmura-t-il.

Quatre personnages entrèrent dans le salon : un banquier, un poète, un député conservateur et un mélomane. Le visage du banquier ressemblait à une pièce d'or, le corps du rêveur à un échalas, le ventre du conservateur à une outre pleine, et les jambes du mélomane à une double croche.

— C'est prodigieux! c'est incroyable! vociféra Emile de Saint-Phar, le rimeur (né Camuzot). Il est ici; gardez toutes les issues pour qu'il ne puisse nous échapper. M. Boulard, placez-vous devant la porte.

7.

— M'y voici, dit le député ; il n'y a pas de danger qu'il sorte.

— Quel homme admirable ! s'écria le mari d'Ernestine. Il réfléchit, pendant que les autres s'amusent !

— Mon ami ! mon cher ami ! j'étais inquiet de toi, dit Théodore, le mélomane, qui se proclamait le Pylade de M. Frédéric de Marvennes.

— A demi couché sur son divan, Frédéric écoutait sans sourciller ces vaines démonstrations d'amitié.

— Messieurs, dit Saint-Phar d'une voix lugubre, vous êtes priés d'assister au service et à l'enterrement de Frédéric de Marvennes. Un *De profundis*, s'il vous plaît.

A cette saillie, les trois amis éclatèrent de rire.

— Si nous eussions reçu un billet de mort ainsi conçu, reprit le poète, nous n'aurions pas été surpris de trouver un cadavre. Comment peut-on résister à la poésie d'un bal masqué !

— Aux charmes de toutes ces femmes !
— A cette divine musique !

— A l'éclat des parures, au chatoiement des diamants et des bijoux !

— Il lui manque le sens poétique, reprit Saint-Phar.

— Il est... *neutre.*

— Il est de pierre, dit Théodore. Encore les rochers se remuaient-ils au son de la lyre du divin Orphée.

— Et moi, fit le banquier, je soutiens qu'il est aveugle !

— Messieurs, dit mystérieusement le mélomane, Frédéric doit avoir dans son passé quelque sombre événement dont l'ombre se projette sur son présent.

— En effet, dit Saint-Phar, je lui trouve l'expression féroce d'un traître tourmenté par les remords.

— Quel homme étonnant ! s'écria le banquier.

— Nous sommes ses amis, que diable ! hurla Saint-Phar : il n'a pas le droit de nous cacher ses pensées. M. de Marvennes, au nom de l'amitié, nous vous adjurons de nous ouvrir votre âme.

— Je m'ennuie, fit Frédéric en bâillant.

Trouvez-moi un remède efficace à cette maladie, et je vous tiens pour mes meilleurs amis. Voyons! où est le bonheur?

— Dans la bonne chère, dit le conservateur.

— Dans la poésie, dit le rimeur.

— Dans la richesse, dit le banquier.

— Dans la musique, dit le mélomane.

— A vous entendre, le bonheur serait partout.

— La bonne chère! reprit le conservateur, voilà le secret de la félicité terrestre. La bonne chère est la vraie morale, la morale substantielle; ceux qui ne la pratiquent pas sont toujours en proie aux humeurs noires, témoins les républicains, mécontents d'eux-mêmes et des autres. César se défiait avec raison des gens pâles et maigres. En effet, tout sourit à l'homme bien repu; il devient l'ami de la société et du gouvernement; la terre est un paradis pour lui. J'ai dit.

— Quel grossier naturalisme! s'écria Saint-Phar indigné en secouant sa blonde crinière, C'est de l'animalité. La poésie seule nous sourit et nous console ici-bas. Celui qui ne con-

naît pas la cadence du rhythme, l'harmonie
de la rime, est un être estropié, incomplet,
dégradé. Oh! les métamorphoses chatoyan-
tes! Oh! l'inspiration qui vous emporte sur
ses ailes de feu à travers les espaces imagi-
naires! Oh! les murmures de l'âme! Oh! les
ravissantes visions de l'esprit! Oh! les délires de l'enthousiasme!... La vie ruisselle de
la poésie. Le poète possède un bonheur olym-
pien, pyramidal, obéliscal!

— Bah! fit le mélomane avec dédain, que
peuvent les mots à côté des sons? Les plus
beaux vers ne soutiennent pas la comparai-
son avec une triade harmonique. La musique
nous ravit dans de célestes extases, nous pro-
cure d'ineffables jouissances; et je le prouve :
lorsque je suis morose, un air de flûte dissipe ma tristesse, si profonde qu'elle soit, Le
musicien jouit sur cette terre d'une béatitude
anticipée.

— Vos théories me font pitié, dit à son
tour le banquier. L'argent n'est-il pas le roi
de la terre? Le poète rime, le musicien joue,
tous deux tempêtent jusqu'à ce qu'ils aient
des écus. Un poète ne vaut pas cher par le

temps qui court ; la poésie se cote bien bas.
Dame ! il y a concurrence. Le monde est un
immense marché où se vendent dignités,
gloire, amour, plaisirs. Le riche passe, mar-
chande et achète ce qui lui plaît ; seul il est
libre, puissant et heureux au milieu d'une
multitude d'esclaves qui se prosternent hum-
blement devant cette décoration qui brille sur
sa poitrine : une pièce d'or !

— Ainsi, dit Frédéric, M. Boulard trouve
le bonheur dans son ventre, Saint-Phar dans
une rime, Ernest dans un solo de flûte, et
M. Retaing dans un écu ! Allons ! vous n'êtes
pas de bons médecins. Vous ne me guéri-
rez pas. A mon avis, le bonheur de l'homme
serait plutôt dans la satisfaction de ses besoins physiques et moraux.

— Messieurs ! dit le mélomane, permettez-
moi de vous faire une ouverture. Frédéric
est bien malade ! Si nous essayions le mariage ?...

— Oui ! il faut le marier ! s'écria Saint-
Phar.

— Vous désespérez donc de moi, fit Frédéric.

A cet instant, les joyeuses rumeurs du bal cessèrent comme par enchantement; un morne silence se fit. Il fut suivi d'un bruit confus de murmures, de chuchotements, d'exclamations de surprise. Evidemment la joie des invités avait été troublée par un grave événement. Le député, le poète et le banquier rentrèrent au bal. Le Pylade de Frédéric profita de ce moment de répit pour l'accabler de protestations de son amitié. Les trois transfuges revinrent ; ils paraissaient inquiets, agités...

— Mon cher de Marvennes, dit Saint-Phar, je prends congé de vous pour accompagner ma mère.

— Pourquoi les danses ont-elles cessé ? demanda Frédéric.

Les trois amis se regardèrent avec embarras.

— Oh! la cause en est très-simple... la fatigue... rien que la fatigue... balbutia Saint-Phar.

— Je vous demande pardon de vous quitter aussi brusquement, M. de Marvennes, dit à son tour le banquier, mais il faut que je suive Ernestine.

Même politesse de la part de M. Boulard,
qui, avant de sortir du salon, glissa un mot
à l'oreille de Théodore. Aussitôt le mélomane
blêmit et chancela comme s'il eût reçu une
forte secousse.

— Attendez-moi, Messieurs, je pars avec
vous, dit-il en dansant sur sa double-croche.
Mon ami, mon cher ami, je suis fâché de vous
laisser seul... J'ai aussi une personne qui m'attend... Vous comprenez, mon ami... Adieu.

Et le Pylade s'enfuit de toute la vitesse de
ses jambes tortues.

— Mon bal s'interrompt... Mes amis m'a-
bandonnent... Qu'est-ce que cela signifie? se
dit Frédéric en se plaçant de manière à découvrir tous ses salons.

Son étonnement redoubla à l'aspect de ses
invités qui se précipitaient avec fureur vers
les issues de l'hôtel, trop petites pour écouler
cette foule impatiente.

— C'est étrange! dit Frédéric. Le feu est-il
à mon hôtel?... Suis-je menacé de quelque
malheur?... Ah! cette lettre que j'ai reçue
avant le bal et que je n'ai pas ouverte... elle
m'instruira peut-être... Voyons.

Frédéric sortit une lettre de son porte-feuille.

— Mon banquier s'est enfui à l'étranger... Il laisse un passif d'un million! s'écria-t-il après l'avoir parcourue des yeux. Je suis ruiné!

Il froissa la lettre dans ses mains et la jêta loin de lui sans que son visage trahît aucune émotion.

— Il paraît, fit-il avec une expression de pitié et de mépris, en regardant la foule qui assiégeait les portes de son hôtel, qu'un homme ruiné est un animal dangereux. Pauvre fou! j'ai dressé un splendide banquet devant lequel le monde est venu s'asseoir en me faisant un concert de ses louanges. A présent qu'il s'y est repu, que les plats sont nets, il quitte la table et me fuit. Ce monde est bas et mensonger! Le chien à qui l'on donne un os est moins ingrat et moins vil! Pas d'indignation! ce spectacle vaut bien qu'on le paie de sa fortune. Maintenant, allons voir dans le sombre empire de Pluton si les choses se passent ainsi. Mes pistolets m'attendent. Ah! je croyais le jour de ma ruine plus éloigné; il est vrai que je comptais sans mon banquier.

Et ce disant, Frédéric pénétra dans sa chambre; il en sortit bientôt tenant à la main une boîte qu'il déposa sur un fauteuil. En se retournant, il vit devant lui une femme en domino rose, dont les yeux étincelaient à travers les fentes de son masque.

— Aurais-je encore une amie? dit M. de Marvennes.

— Tu te trompes, Frédéric, dit l'inconnue en se démasquant, c'est une ennemie qui vient à toi pour jouir de sa vengeance!

— Éléonore!... s'écria Frédéric en reculant de surprise.

CHAPITRE IX

Un pied dans la Tombe.

Eléonore triomphait. Une joie cruelle éclairait son visage. Par son orgueilleuse attitude, elle semblait défier Frédéric.

— Tu n'espérais plus me revoir ! dit-elle ironiquement. Sans doute, tu me croyais accablée sous le coup de tes lâches dénonciations. Mais plus l'humiliation fut grande, plus elle me donna d'ardeur à la vengeance. Me venger de toi.... Oh ! ce fut la pensée de mes jours, le rêve de mes nuits ! Je te suivis à Paris. Je t'entourai de gens qui épièrent tes démarches. Je connus ainsi toutes tes relations. Tu brillais dans le monde ; tu étais

riche, heureux. Il fallait te renverser de ton
piédestal. Je mis tout en œuvre; aucun sacri-
fice ne me coûta pour amener ta ruine. Mon
but atteint, je suis venue te souffleter au
milieu de ta fête avec ces trois mots : Il est
ruiné ! convainquant les incrédules par des
preuves sans réplique. A ma voix, la terreur
s'est emparée de tes invités. Ils ont déserté
ton bal. Tes amis ont fui. Ces salons, qui
tout à l'heure encore retentissaient de joies
bruyantes, sont devenus froids et silencieux
comme la tombe. Seule, je te suis restée fidèle.
Insensé qui, après avoir outragé publiquement une femme, s'endormait confiant
au sein de son bonheur. Réveille-toi, Frédéric.
Tu vas connaître la misère, c'est-à-dire le
supplice de chaque heure, de chaque instant,
c'est-à-dire toutes les souffrances du corps et
de l'âme. La misère, vois-tu, c'est le désespoir
impuissant, la mort lente, le déchirement des
entrailles ! La misère, c'est la honte, la lèpre,
le fer rouge que la société imprime sur l'é-
paule de ses enfants maudits ! Ce sera désormais ta vie, à toi, maudit !...

Pendant qu'Eléonore vomissait ces furieuses

paroles, Frédéric s'était emparé d'un pistolet.
Elle ne s'en aperçut pas, absorbée qu'elle était
dans l'expression de sa vengeance. Lorsqu'elle
se tut, Frédéric passa vivement devant elle
et lui dit, en lui présentant le canon du pistolet :

— Je crois que vous me raillez, madame !

L'effroi d'Eléonore fut si grand, qu'elle
faillit s'évanouir. Elle essaya de parler, mais
les mots expirèrent inarticulés sur ses lèvres
blémissantes.

— En effet, reprit Frédéric, d'après l'es-
quisse que vous m'en avez tracée, la misère,
je le vois, est une triste compagne. Aussi ne
contracterai-je pas d'alliance avec elle. Mieux
vaut encore mourir d'un coup de pistolet.
Cependant cette fin violente a bien aussi son
côté désagréable. Qu'en pensez-vous, madame ?

Éléonore tremblait de tous ses membres.
L'arme meurtrière, qui la menaçait toujours,
lui faisait souffrir mille morts.

— Je t'en supplie, Frédéric, dit-elle en
joignant ses mains, abaisse cette arme qui
me donne le vertige.

— Vous n'avez pas assez réfléchi, madame, avant d'engager la partie avec un joueur ruiné. On s'expose beaucoup à menacer un homme qui n'a en perspective que la misère, c'est-à-dire le supplice de chaque heure, de chaque instant, c'est-à-dire toutes les souf-frances du corps et de l'âme !

— Oh ! tu ne m'assassineras pas, Frédéric. Tu ne voudrais par monter sur l'échafaud !

— Tu subirais ce supplice infâme Éléonore, si la justice humaine atteignait les misérables femmes, les *démons de l'amour* qui, comme toi, trafiquent des sentiments les plus saints, foulent aux pieds les devoirs les plus sacrés, et font de leur beauté un piége dangereux où vient se perdre l'honneur des familles. Mais puisque tu te dérobes à la justice des hommes, au nom de la justice divine, moi, je vais te frapper.

Ce fut dit d'un ton si solennel qu'Éléonore crut entendre l'arrêt d'un Dieu vengeur.

— Je ne mourrai pas ici ! s'écria-t-elle désespérée. Quelqu'un viendra à mon se-cours.

— Personne ne répondra à ton appel, car

tu as eu le soin d'écarter les importuns. *A ta voix, la terreur s'est emparée de mes invités. Ils ont déserté mon bal. Mes amis ont fui!* Folle! tu as préparé ton cercueil de tes propres mains!

— Oh! pardonne-moi, Frédéric. Je me repens! je me repens!

— Il est trop tard. Allons, fais ta prière à Dieu ou plutôt au Diable, car tu auras un compte à régler avec cet impitoyable créancier!

— Non! tu n'es pas assez cruel pour devenir un assassin!

— Partout où je rencontre une vipère, je l'écrase sans pitié!

— Ne sois pas inexorable! s'écria Eléonore, le visage baigné de larmes, en tombant aux pieds de Fréderic. Laisse-moi la vie, et, je te le jure, j'expierai mes fautes. Ma fortune... tout ce que j'ai... tout est à toi... Mais ne me tue pas! ne me tue pas!

— Tu as donc bien peur de la mort. Eléonore?

— Oh! oui! c'est affreux de mourir!

— Lorsqu'on craint de paraître devant

Dieu... lorsqu'on a méprisé les devoirs de la vie et prostitué son âme aux biens terrestres... en effet, il est affreux de mourir.

— Ne me maudis pas!... J'ai peur... j'ai peur !

— Tu es lâche, Eléonore. Relève-toi, je ne veux pas me souiller de ta-mort. Reprends ton rang dans ce monde dont tu es digne. Va-t'en.

Frédéric livra passage à madame Delaborde, qui, à peine revenue de sa terreur, sortit en chancelant.

Il est des instants où la vie vous apparaît avec son hideux cortége d'amères déceptions, de vaines inquiétudes, d'inutiles regrets, de projets qui roulent dans le néant. Vous sentez alors en vous comme un gouffre où s'abîment affection, tendresses, rêves, espérances, tout ce qui fait supporter et chérir l'existence. Il s'élève de votre âme une douleur inexprimable qui vous pousse à la folie ou au suicide. Frédéric était dans un de ces moments critiques.

— Pourquoi hésiter?... se dit-il en s'asseyant sur un canapé. Que fais-je ici bas ? Je

traîne péniblement une existence inutile. La
lassitude et le dégoût m'ont rendu indifférent
aux choses qui passionnent mes semblables.
— Où êtes-vous, belles illusions, brillants
mensonges de mes jeunes années, diaphanes
visions de mon esprit que j'ai prises pour des
réalités. J'ai rêvé, j'ai cherché dans ce monde
la gloire et l'amour. — Deux chimères ! —
Joies, peines, regrets, désirs, se sont effacés de mon âme comme de vains simula-
cres. — L'être dont le cœur est éteint n'a
plus de signification. La tombe est la seule
demeure qui lui convienne. — D'ailleurs,
quelle puissance oserait blâmer l'action
que je vais accomplir ? L'Église ! Mais n'en-
seigne-t-elle pas le suicide de l'esprit !... La
société ! Mais, la marâtre, n'immole-t-elle pas
systématiquement ses enfants, les uns par l'excès des plaisirs, les autres par l'excès des douleurs ?— Dans cinq minutes je n'existerai plus !
— Qu'est-ce donc que ce jouet du destin, cette
éternelle dupe, cette lueur vacillante, ce monstrueux alliage de grandeur et de bassesse, de
folie et de raison, de puissance et de faiblesse,
—qu'on appelle *homme ?*... Cet atome perdu

8

dans un point de l'espace a-t-il en lui un principe d'immortalité?—Dans cinq minutes, mon corps ne représentera plus qu'un amas informe de chair et d'os! — Où serai-je? — Que serai-je? — La mort est-elle une porte basse par laquelle on arrive à Dieu? Conduit-elle au néant ou à l'éternité?—Mourir, est-ce renaître? —Ma pensée que j'exerce en ce moment périra-t-elle? — Survivra-t-elle à mon corps?— Qu'est-ce que la pensée sans le cerveau qui la conçoit?— Etranges problèmes dont la solution échappe à l'esprit humain. — Allons chercher le mot de l'énigme. —Aussi bien je commençais à ressentir un ennui mortel au milieu de ces êtres dont la richesse forme le seul mérite. Sots prétentieux, coquins sans courage, épais bouffons, courtisanes hypocrites, ineptes grimaciers, ridicules marionnettes, j'espère ne pas vous rencontrer où je vais.—Assurément Dieu doit s'amuser de ce drame burlesque que le monde joue sous ses yeux! Par malheur, la vertu y est peu récompensée et le crime y triomphe souvent, contrairement aux mensonges sociaux débités dans les livres, les discours et sur le théâtre. — Peu m'importe ! — Un coup de pistolet finit tout. — La mort, voilà le baisser du rideau, le dénouement éternel de la pièce. — Ma fille ! seul être que je regrette sur cette terre, reçois mes adieux. Je veux prononcer ton nom en mourant !

Frédéric mit le doigt sur la détente de son pistolet et le leva à la hauteur de sa bouche... A cet instant, soit hasard, soit providence, les portes du salon s'ouvrirent, et deux jeunes gens entrèrent. Une minute plus tard, c'en était fait de Frédéric de Marvennes ! Son premier mouvement fut de cacher son arme en maudissant les importuns qui l'empêchaient de se brûler la cervelle. Il ne put distinguer les traits du visage des nouveaux venus, car le jour, à cette heure matinale, éclairait à peine l'appartement d'un reflet blafard.

— Ne crains rien, Juliette, dit une voix bien connue de Frédéric, j'aperçois M. de Marvennes.

— Maurice ! vous ! s'écria Frédéric.

— Ma visite vous surprend, n'est-ce pas, monsieur ?

— En effet... Je ne m'attendais pas à vous voir.

— D'abord, il faut que nous nous excusions, ma sœur et moi, de nous présenter devant vous à cette heure, sans être annoncés, mais nous n'avons rencontré aucun domestique.

— Vous avez bien fait, mes amis de passer outre.

— Ah! M. de Marvennes, depuis que vous avez quitté Tours, Dieu m'a frappé d'un grand malheur.

— Que vous est-il donc arrivé?

— Vous le voyez, monsieur, dit tristement Maurice en montrant le vêtement de deuil de Juliette, nous avons perdu notre père.

Juliette ne put résister à son émotion. Elle se couvrit le visage de ses deux mains et sanglota.

— Et cette sensible jeune fille est votre sœur? dit Frédéric en regardant Juliette.

— Oui, monsieur.

— Pauvres enfants!... Mais dans quel but êtes-vous venus à Paris?

— Après la mort de notre père, répondit Maurice, nous nous trouvâmes sans ressources. C'est alors que, dans ma détresse, je songeai à vous, monsieur. Je me rappelai l'intérêt que vous me témoignâtes lorsque vous restiez aux environs de Tours et la recommandation que vous me fîtes de ne pas vous oublier si un jour j'avais besoin de quelque service. Cette idée fut comme une inspiration du ciel.

— Allons à Paris, dis-je à Juliette. M. de Marvennes s'occupera de moi, et facilement il me procurera un emploi qui nous fera subsister tous les deux. J'amassai un peu d'argent, et ma sœur et moi nous partîmes de Saint-Georges, mettant l'espoir de notre avenir en vous et en Dieu.

Frédéric inclina la tête et resta pensif.

Pouvait-il repousser ces enfants qui invoquaient son appui et les conseils de son expérience ?

— Mais son funeste projet de suicide était trop bien arrêté dans sa pensée pour qu'il en fût détourné par ce devoir que Dieu lui imposait. Aussi, après quelques moments d'hésitation, répondit-il aux jeunes gens :

— Si vous étiez venus à Paris un mois plus

8.

tôt, mes amis, je vous aurais sauvés de cette
position critique. Ma maison eût été la vôtre.
Je vous eusse reçus comme mes enfants. Il
y a un mois encore j'étais riche... aujour-
d'hui je suis aussi pauvre que vous.

— Est-ce possible ! s'écria Maurice.

— Ah ! Monsieur, dit Juliette, enhardie
par le ton de franchise de Frédéric, pourquoi faut-il que la perte de votre fortune nous
prive du bonheur de vivre avec vous.

— Ma fille aurait son âge, rêva Frédéric
en écoutant la jeune fille.

— Cependant, reprit timidement Juliette,
il me semble que tout pourrait se réparer.

— Comment, mon enfant, demanda Frédéric, en souriant.

— Oui, M. de Marvennes, dit Juliette avec
cette naïveté d'expansion qui la caractérisait ;
si vous le vouliez, votre maison serait la
nôtre, et nous serions vos enfants. Nous for-
merions à nous trois une association, en
famille. En travaillant, chacun de notre côté,
nous jouirions d'une petite aisance. D'abord,
je ferais régner l'ordre et l'économie dans
le ménage. Maurice et moi nous vous entou-

rerions de tant de soins et de prévenances,
que vous ne regretteriez peut-être pas trop
votre fortune. Ah ! ce projet me semble ravissant ! Que je serais heureuse, monsieur,
si vous l'approuviez.

— Je joins mes vœux à ceux de ma sœur,
dit Maurice.

Un terrible combat se livrait dans l'âme
de Frédéric. Il est si doux de vivre quand on
aime ! lui disait le sourire angélique de
Juliette.

— Pourquoi hésiter ? — répliquait la voix
de ses souvenirs. Sous l'influence de ces
deux sentiments qui s'excluaient l'un et
l'autre, Frédéric ne répondit pas. Ce que
voyant, Juliette redoubla d'ardeur. Elle passa
avec une grâce adorable ses mains autour
du bras droit de Frédéric, et levant vers lui
sa blonde tête qui contrastait étrangement
avec ses habits de deuil.

— Oh ! je sens que je vous aimerai comme
un père, lui dit-elle avec effusion.

— Comme j'eusse aimé le mien, ajouta-
t-elle tristement, si j'avais eu le bonheur de
le connaître.

— Eh quoi ? dit Frédéric étonné, vous n'êtes pas la fille de Jérôme ? Maurice ne m'avait pas instruit de cela.

— Ainsi que moi, dit Maurice, Juliette est une enfant trouvée. Elle fut recueillie par mon père à Paris sur les marches de l'église Saint-Roch.

— Sur les marches de l'église Saint-Roch ! s'écria Frédéric, l'esprit frappé d'un souvenir. En quelle année ?

— En 1816, répondit Maurice.

— 1816, répéta Frédéric dans la plus grande agitation. Juliette ne portait-elle pas un médaillon attaché à son cou ?

— En effet... dit Maurice.

— Ce portrait, Juliette, vous l'avez toujours.

— Oh ! il ne me quitte pas, dit la jeune fille. Chaque jour je l'embrasse religieusement en pensant à ma mère.... Mais comment savez-vous ?...

— Il faut que je voie ce médaillon, Juliette... donnez-le moi ?

— Le voici.

Frédéric prit le médaillon des mains de

Juliette, le regarda et jeta un cri de joie. C'était le portrait d'Éléonore.

— Ma fille ! Juliette, tu es ma fille ! s'écria Frédéric.

— Vous mon père ! fit Juliette en se jetant dans les bras de Frédéric. Oh ! j'aurais dû le deviner à la tendresse que je ressentais pour vous !

— Quel bonheur ? dit Maurice.

— Mon Dieu ! s'écria Frédéric, je suis un misérable pécheur. J'ai douté de votre providence ! j'ai blasphèmé votre saint nom ! pardonnez-moi, mon Dieu.... Laisse-moi t'embrasser encore, ma fille ! Il y a seize ans, vois-tu que ce désir me brûle le cœur... Cela semble si bon de tenir dans ses bras, de couvrir de caresses une enfant que l'on croyait perdue ! Oh ! tu ne me quitteras plus !

— Non ! jamais ! mon bon père.

— Pauvre enfant ! tu as eu froid.... tu as souffert dans ce voyage... tes mains sont encore glacées. Réchauffe-les dans les miennes.

— Oh ! vous pleurez, mon père !

— N'essuie pas ces larmes. Elles me soulagent... Il me semble que mon cœur est

débarrassé d'une avalanche d'amertumes. Ah!
Maurice, vous avez eu raison de dire qu'une
inspiration du ciel vous conduisait ici. Insensé! j'allais mourir sans t'embrasser, ma
fille! ange envoyé par Dieu pour me sauver,
douce rosée qui ranime mon âme flétrie,
rayon de soleil qui dissipe les ombres de la
mort.

Oh! je veux vivre maintenant! je suis
riche; je suis fort, je suis heureux. Richesse,
force, bonheur, tout cela est contenu dans
un baiser de ma fille!

Qui ose dire que je suis ruiné?

Être pauvre, c'est passer ses jours dans
une vaine agitation, c'est n'aimer que soi,
ne vivre que pour soi. Ah! vous tous qui
m'avez abandonné, je vous plains, pauvres
de cœur!

— Ainsi, dit Maurice, en souriant, rien ne
s'oppose plus à la réalisation du projet de
Juliette.

— Non, Maurice. Désormais, nous vivrons et
nous travaillerons ensemble. Je dépouille
cette brillante livrée qui me brûlait comme
la robe de Déjanire. Je ne suis plus Frédéric

de Marvennes, l'oisif, le débauché, l'homme du monde ; je suis un ouvrier qui va faire courageusement sa journée. Je traînerai la brouette, je remuerai la terre, s'il le faut ! Venez, mes enfants. Sortons de cet hôtel. Je laisse ici toutes mes misères. Une vie nouvelle commence pour moi !...

CHAPITRE X.

La Mansarde.

Chacun sait qu'un honnête citoyen doit avoir un gîte. Suivant cette obligation du Code pénal, la police ramasse les pauvres diables, les gueux de bas étage qui prennent pour oreillers la terre nue ou l'asphalte des trottoirs, et les jette dans un domicile bien ferré et verrouillé. Cependant tous les coquins ne courent pas les rues. Il en est un bon nombre qu'abritent de belles maisons, de magnifiques palais.

Cette pensée était sans doute venue à l'esprit de M. de Marvennes, qui, depuis quelques heures, trimait pour découvrir un loge-

ment, où il pût s'abriter avec sa petite famille.
Fatigué de démarches inutiles, il loua,
moyennant la somme de trois cents francs
par an, une chambre assez vaste et trois cabi-
nets qui se trouvaient au quatrième étage
d'une maison de la rue Saint-Martin.

Lorsque Frédéric fut installé dans sa nouvelle demeure, il réfléchit aux périls de sa
situation. Qu'allait-t-il devenir avec ses enfants? Il ne lui restait pas assez de ressources
pour les préserver longtemps des atteintes
de la misère. Les sinistres prédictions d'Éléonore lui revinrent alors à la mémoire. Il pâlit
d'effroi en songeant que sa fille serait forcée
de subir de cruelles privations. L'avenir lui
apparut sombre et menaçant. Déjà l'inquiétude, les appréhensions déchiraient son cœur.
Non qu'il hésitât à commencer une vie labo-
rieuse, mais il prévoyait les difficultés sans
nombre qu'il aurait à surmonter, les chocs
du destin auxquels il devait résister, et il ras-
semblait ses forces pour ne pas faiblir au
moment du combat. Il avait besoin d'ailleurs
d'une grande prudence. En se trompant de
route, en s'engageant dans une fausse voie,

ne compromettait-il pas l'existence de deux
êtres dont il répondait à Dieu ?

Personnellement, Frédéric ne craignait
pas la pauvreté. N'eût été la crainte de voir
souffrir sa fille, il eût béni son sort. Il se
sentait jeune, plein de sève et d'ardeur. Nouveau Lazare, il avait soulevé la pierre de son
sépulcre et s'était remis à vivre. Tous les
sentiments qui animent l'homme s'étaient
réveillés en lui et emplissaient son âme,
muette depuis si longtemps, de divines har-
monies. Voyageur égaré dans les sables brûlants du désert, il avait enfin trouvé une délicieuse oasis. Toutefois, il ne s'y reposa pas, pénétré qu'il était de l'importance de ses devoirs.

M. de Marvennes tira un bon parti des
ressources que lui offrait la brillante éducation qu'il avait reçue en embrassant le pro-
fessorat. Cette tentative lui réussit à mer-
veille. Divers moyens de publicité l'ayant fait
connaître au public parisien, les élèves ne
lui manquèrent pas. Il donna des répétitions
aux externes des colléges, des leçons de ma-
thématiques et de tenue de livres aux parti-
culiers et aux commerçants.

De son côté, Juliette ne restait pas inactive. Quoique son père prétendît qu'elle devait se contenter des soins du ménage, elle voulut encore exercer l'état de couturière, qu'elle avait appris à Saint-Georges.

Chacun de nos personnages ayant choisi la profession, la carrière qui lui convenait, ils rivalisèrent tous trois d'ardeur au travail. Juliette était infatigable. Dès que l'aube paraissait, elle sortait de son lit, faisait le ménage, préparait le déjeuner. Grâce à ses soins, la plus grande propreté régnait dans la mansarde. La douce enfant comprenait très-bien que son père, habitué au luxe, eût souffert dans un intérieur en désordre. Par ses attentions délicates, son empressement à prévenir ses désirs, elle s'efforçait de lui rendre moins sensible le brusque passage de l'opulence à la pauvreté. Elle l'entourait d'un certain bien-être, recherchait les occasions de lui être agréable. Un souvenir venait-il assombrir son front, de suite elle dissipait ce nuage par une caresse ou par une parole naïve. Aussi Frédéric adorait sa fille à l'égal de Dieu. Chaque jour, il découvrait en elle un

nouveau charme, une nouvelle qualité. Juliette paraissait si gracieuse avec une simple
robe d'indienne et un petit bonnet de tulle,
elle était si attrayante lorsqu'un sourire épanouissait son candide visage, qu'à la voir
seulement, son père ressentait une joie indi-
cible.

Les jours se passaient donc assez gaiement
à la mansarde. M. de Marvennes avait autant
de leçons qu'il pouvait en donner ; la clien-
tèle de Juliette se formait peu à peu. Quant
à Maurice, il faisait de rapides progrès en
peinture. Sa première toile, exposée chez un
marchand de tableaux, avait été remarquée
par un célèbre peintre et lui valut d'entrer à
son école. Pour peu que Maurice eût voulu sérieusement travailler, l'avenir lui appartenait. Mais au moment où il commençait à surgir de son obscurité, le jeune homme s'arrêta
court. Il subit une phase qui faillit être fatale
à son talent. Il devint nonchalant, apathique.
Une idée constante lui martelait le cerveau et
le détournait de ses occupations. A peine
avait-il donné un coup de pinceau sur sa toile
qu'il restait comme découragé et murmurait

entre ses dents : — A quoi bon ? si je ne dois jamais la revoir. Elle m'a oublié, sans doute. Elle est peut-être unie à son cousin ! Oh ! je ne vivrai pas plus longtemps dans cette incertitude ! Il faut que je la trouve !..... il faut que je sache si mon amour est insensé !

Et le peintre en délire jetait loin de lui brosses et palette, descendait rapidement les cinq étages de sa maison et sillonnait en tous sens les rues, les promenades de Paris, dans l'espoir d'y rencontrer la belle Lucie. Peines perdues ! Notre fugitif revenait le soir harassé, sombre et taciturne.

Si l'amour fuit ceux qui le cherchent, en revanche il vient trouver ceux qui ne s'inquiètent pas de lui, témoin Juliette. Pendant que Maurice et M. de Marvennes arpentaient Paris dans un but tout différent, elle se plaçait habituellement à sa fenêtre pour mieux voir sa couture. Apparaissait alors à la croisée qui faisait face à la sienne un beau jeune homme qui s'efforçait de se rendre intéressant par une pantomime sentimentale. Il levait les yeux au ciel, soupirait bruyamment, exprimait sur tous les tons possibles son désespoir

de ne pas avoir les ailes d'un oiseau ou celles
d'Icare pour franchir le maudit espace qui le
séparait de Juliette. Emue de compassion,
Juliette lui fit l'aumône d'un regard. Le jeune
homme avait l'air profondément malheureux,
ce qui toucha au cœur la sensible Juliette. Ses
regards à la croisée se multiplièrent. Si bien
que le beau mélancolique, enhardi par ces
concessions, entra chez sa voisine sous un
prétexte plus ou moins spécieux. Apparem-
ment il sut lui dire des choses fort douces, car
dès ce moment Juliette parut triste et rê-
veuse, absolument comme Maurice. Les
mêmes causes produisent les mêmes effets.

Juliette rencontra par hasard la nièce de
M. Delaborde chez une de ses pratiques. La
connaissance entre les jeunes filles fut bien
vite renouvelée. Dès qu'elles furent seules,
Lucie questionna sa jeune amie au sujet de
Maurice. Juliette peignit avec tant d'élo-
quence la tristesse et l'abattement qui s'é-
taient emparés de son frère, que Lucie se
rendit avec elle à la mansarde dans le louable
dessein d'apporter quelque consolation au
pauvre artiste. Malheureusement notre pein-

tre, qui ne s'attendait pas assurément à cette
visite, était ce jour-là selon son habitude. Les
jeunes filles furent donc très-désappointées.
Néanmoins Juliette supplia Lucie d'attendre
le retour de Maurice.

— Mon frère ne tardera pas à rentrer,
ajouta-t-elle. Et il sera si heureux de vous
voir.

— Votre frère vous a donc avoué qu'il
m'aimait?

— Non, mademoiselle, mais je l'ai deviné,
dit Juliette en souriant. Cela ne m'a pas été
difficile, ajouta-t-elle, car je l'ai souvent surpris en extase devant votre portrait, qu'il a
peint de souvenir. De cette manière, il passe
des heures entières à vous regarder et à vous
parler, sans que vous vous en doutiez le moins
du monde.

— Ce portrait, Juliette, pouvez-vous me le
montrer?

— Très-facilement. Jetez les yeux de ce
côté, il tient la place d'honneur dans notre
chambre.

— Oh! voilà bien mes traits... ma physionomie, s'écria Lucie visiblement émue. Puis

elle murmura : — Comme il s'est souvenu de
moi !

— Plusieurs personnes ont proposé à mon
frère d'acheter ce tableau, mais il n'a jamais
voulu le vendre, quelque prix qu'on lui en
offrît.

— Pauvre Maurice !

— Oh ! il n'est pas à plaindre puisque vous
l'aimez, s'écria Juliette avec une ravissante
naïveté.

Lucie baissa les yeux d'un air confus.

— Vous aurais-je offensée ? mademoiselle,
dit Juliette très-surprise.

— Non, Juliette, vous ne m'avez pas offensée. Seulement vous m'avez rappelée au sentiment de ma situation. Je rêvais déjà que
j'étais pauvre, libre, heureuse comme vous.
J'oubliais....

— L'amour n'est donc pas permis aux jeunes
filles riches, mademoiselle Lucie ?

— Pourquoi m'adressez-vous cette singulière question ?

— Parce que vous désirez devenir pauvre..,
à cause de mon frère, sans doute ?

— En effet, Juliette, c'était là ma pensée.

Nous autres jeunes filles dont on envie à tort la brillante existence, nous sommes condamnées à ne témoigner de l'intérêt qu'aux êtres qui jouissent d'une fortune et tiennent un rang dans la société. Ceux que le sort a déshérités ne doivent nous inspirer que de l'indifférence et du mépris.

— A ces conditions-là, je vous assure, mademoiselle Lucie, que je serais très-malheureuse avec de grandes richesses, car j'aime tout le monde, moi! Mon père et Maurice plus particulièrement.... c'est naturel.... et puis encore un autre....

Juliette s'arrêta. A son tour elle rougit.

— Vous n'achevez pas, Juliette. Craignez-vous de me faire une confidence? J'ai le droit de vous demander votre secret, puisque vous savez le mien.

— Eh bien, mademoiselle Lucie, il me semble que j'ai de l'amitié... plus que de l'amitié pour un jeune homme qui demeure dans la maison qui fait face à la nôtre. Oh! mais je ne suis pas aussi ambitieuse que mon frère... M. Paul est pauvre... aussi pauvre que moi. Il m'a assuré qu'il ne gagnait que

9.

cent francs par mois dans un bureau. Voilà mon secret, mademoiselle Lucie.

—Vous connaissez ce jeune homme depuis longtemps, Juliette.

—Depuis trois semaines.

—Et vous ressentez déjà pour lui une grande affection?

—Je ne saurais trop vous le dire... mademoiselle Lucie, répondit Juliette avec un embarras charmant. M. Paul est entré une seule fois ici. Oh! je lui ai bien défendu de revenir, par exemple. Eh bien, pendant qu'il me parlait, j'étais émue... troublée. J'aurais voulu qu'il fût parti, et cependant j'avais du plaisir à l'écouter. Ses paroles résonnaient à mon oreille comme une douce musique. Un sentiment nouveau, inconnu, dont je ne puis me rendre compte, me faisait battre le cœur avec une telle violence... que je ne sus rien répondre à M. Paul. Enfin, lorsqu'il fut parti, je pleurai à chaudes larmes, quoique je n'eusse aucun chagrin. A présent, je ne cesse de penser à M. Paul... à ce qu'il m'a dit. Croyez-vous que ce soit là de l'amour, mademoiselle Louise?

— Assurément, Juliette. Mais ne doutez-vous pas de la sincérité de ce jeune homme?

— Oh! pourquoi me tromperait-il?

— Il serait doublement coupable, en effet, s'il vous causait le moindre chagrin, car vous êtes confiante comme un enfant. Cependant, suivez le conseil que je vous donne, Juliette. Instruisez votre père et Maurice de vos sentiments. Ils sauront prévenir et détourner de votre tête les dangers auxquels vous exposent l'ingénuité de votre âme et votre ignorance des mauvaises choses de ce monde.

— Oui, mademoiselle.

A ce moment trois coups retentirent à la porte de la mansarde. Les jeunes filles tressaillirent.

— Voici mon frère, dit Juliette. Mademoiselle, il faut le surprendre. Cachez-vous dans ce cabinet.

— Volontiers, répondit Lucie.

Aussitôt qu'elle eut disparu de la chambre, Juliette ouvrit à son frère. Maurice entra silencieux et sombre. Il découvrit un tableau sur lequel Juliette avait l'habitude de jeter une indienne pour le garantir de la poussière, s'assit sur un tabouret et prépara sa palette.

Hâtons-nous de le dire, Maurice avait pris son art au sérieux. Il ne se contentait pas de barbouiller une toile de couleurs plus ou moins éclatantes. Chacune de ses œuvres témoignait d'importantes études et révélait un esprit méditatif. Le tableau dont il s'occupait était d'un grand intérêt pour lui, car il le destinait à l'Exposition. Aussi n'y touchait-il que dans ses moments de verve et d'inspiration. Voici le sujet qu'il avait choisi :

Au milieu d'une vallée, par une belle journée de printemps, s'ébattaient une foule d'enfants dont la réunion offrait un contraste assez étrange. Les uns, à peine couverts d'un haillon, cheveux au vent et pieds nus, ressemblaient à de petits vagabonds ; les autres, vêtus avec recherche, à de petits seigneurs. Sans se soucier de leur richesse ou de leur pauvreté, bohémiens et fils de famille, confondus dans un pêle-mêle où l'étiquette était peu observée, se roulaient sur l'herbe, se lutinaient, se tenaient embrassés, s'abandonnaient à la folle gaîté et à la vive sympathie de leur âge. Toutes ces figures enfantines rayonnaient de plaisir. Un voyageur s'était arrêté au pied d'une colline et regardait, rêveur, les jeux des enfants, songeant sans doute à la leçon qu'ils donnaient aux hommes divisés par tant de préjugés, d'absurdes distinctions. Une belle lumière éclairait le paysage.

Lucie sortit sans bruit de l'endroit où elle s'était retirée, et surprit le peintre dans une attitude qui trahissait un profond abattement. Le coude appuyé sur son genou et la tête dans sa main droite, il paraissait accablé par de tristes réflexions. La jeune fille s'approcha doucement de l'artiste et lui dit de sa voix suave :

— Espoir et courage, Maurice!

CHAPITRE XI

Cousin et cousine.

Maurice se leva lentement de son tabouret,
porta la main à son front, comme s'il eût
voulu s'assurer qu'il ne rêvait pas, et s'écria
dans son ravissement :

— Lucie! est-ce bien vous que je vois?...
N'est-ce pas plutôt une bienfaisante fée qui
m'apparaît ainsi pour me rendre l'espoir et
le courage? Oh! qui que vous soyez, ange ou
fée, vous qui venez me trouver dans le malheur, du fond du cœur je vous remercie!

Juliette riait fort de l'étonnement de son
frère. Après avoir surmonté son émotion,
non sans un grand effort sur elle-même,

Lucie répondit à l'artiste d'un ton légèrement ironique :

— Malheureusement, Maurice, je ne suis point un ange, encore moins une fée ; car, si j'en avais la puissance, d'un coup de ma baguette je changerais cette demeure en un palais magnifique dont vous seriez le seigneur. Vous auriez une centaine de serviteurs toujours prêts à obéir à vos ordres. En outre, j'emplirais quelques milliers de coffres d'émeraudes, de topazes, de saphirs, que je vous offrirais à titre de cadeaux. Vous posséderiez enfin tant de diamants, tant de trésors, que mon oncle le manufacturier, qui vous dédaigne aujourd'hui, accourrait en toute hâte à votre palais, et vous supplierait à genoux d'accepter la main de sa nièce ; mais, hélas ! je ne suis qu'une simple mortelle, réduite à faire des vœux impuissants pour votre bonheur.

— Ne dites pas cela, chère Lucie. Votre présence me donne une joie qui rachèterait dix années d'amères angoisses. Oh ! comment vous exprimerai-je mon admiration, ma reconnaissance ?

— En ne soupçonnant pas ceux qui vous aiment, et surtout en ne désespérant jamais de l'avenir... Juliette m'a informé de votre conduite, Monsieur.

— Faites-lui de sévères remontrances, Mademoiselle, dit Juliette. Il vous écoutera mieux que moi.

— Quoi ! Maurice, vous vous abandonnez à une coupable oisiveté ! Votre art ne vous passionne plus !...

— Loin de vous, Lucie, un doute affreux me gagnait, me rongeait le cœur, m'ôtait toute ardeur, toute énergie. Je ne sais quel démon m'avait suggéré la funeste pensée que vous étiez perdue pour moi. Je tentai vainement de la fuir... Elle me poursuivait partout... la nuit dans mes rêves, le jour au milieu de mes travaux. Je souffrais le martyre. Ne voulant pas de la vie sans soleil, sans amour, n'ayant plus de désirs, plus de but..., je m'arrêtai. Je quittai la route sur laquelle jusque-là j'avais marché courageusement, et je m'assis sur le bord du fossé. Mais Dieu a eu pitié de moi : il a permis que vous passiez sur mon chemin pour ranimer mes forces abattues et rouvrir le ciel à mes espérances!

— Ainsi, Monsieur, vous m'accusiez d'oublier, au milieu des frivoles plaisirs et des vains bruits du monde, les serments que je vous avais faits!

— Non, Lucie, je ne vous accusais pas; mais, je vous l'avoue, je craignais que vous ne fussiez contrainte de céder aux persécutions de votre famille.

— Elles ne m'ont pas manqué. Mon cher cousin, ma tante et M. de Barcas ne m'ont épargné aucun tourment, aucune humiliation. Ils comptaient sans doute que leurs obsessions triompheraient de ma résistance; mais ils n'ont réussi qu'à rendre ma volonté plus inflexible. J'acceptais, d'ailleurs, avec résignation les épreuves que le ciel m'envoyait, sachant que de votre côté vous luttiez et souffriez.

— Oh! je suis indigne de vous, chère Lucie.

— Mes efforts, grâce à Dieu, ne sont pas restés stériles. J'ai presque gagné M. Delaborde à notre cause. Il a reporté sur moi toute la tendresse qu'il ressentait pour mon cousin, dont les dissipations lui ont déjà donné mille sujets de chagrin. Je crois, Maurice, que mon oncle s'est repenti de vous avoir injustement renvoyé de sa fabrique et d'avoir obéi aux instigations de M. de Barcas, car toutes les fois que votre nom était prononcé dans notre conversation, il paraissait vivement ému. Profitant de ces bonnes dispositions, je l'intéressais à votre sort; je détruisais peu à peu, tantôt par le raisonnement, tantôt par la prière, ses scrupules, ses préjugés. Un jour, j'eus la hardiesse de lui demander s'il consentirait à notre union, dans le cas probable où vous vous feriez un nom dans les arts...

— Et que vous répondit-il?

— Peut-être.

— Que n'ai-je suivi votre exemple, Lucie, au lieu de passer mes jours dans l'indolence! Désormais, je vous le jure, je ne prendrai pas une minute de repos. Et d'abord, je veux terminer ce tableau qui doit décider de mon avenir.

— Maurice, ayez bon espoir. J'ai le pressentiment que vous deviendrez un grand artiste.

— Puisse votre prédiction s'accomplir! s'écria le peintre dans l'enthousiasme. Il est si beau de communier avec ses semblables par la gloire, c'est-à-dire par l'affection que vous leur inspirez! On éprouve tant de joie à donner un nom illustre à la femme qu'on aime!

A cet instant, un pas d'homme résonna sur le pallier de la mansarde, le bruit se rapprocha de la porte, et presque aussitôt les jeunes gens entendirent ces paroles prononcées à voix basse et qui semblaient sortir d'une bouche collée au trou de la serrure :

— Mademoiselle Juliette, êtes-vous seule?

Lucie fit un geste d'effroi.

— Serait-ce lui? murmura-t-elle.

— Oh! ne craignez rien, mademoiselle; c'est M. Paul.

Et Juliette alla ouvrir la porte. M. Paul entra. A la vue de ce nouveau personnage, Maurice et Lucie jetèrent simultanément le même cri de surprise. Quant à M. Paul, il paraissait très-contrarié d'avoir franchi le seuil de la porte ; mais, comprenant que sa fuite eût été ridicule, puisqu'on l'avait reconnu, il essaya de faire bonne contenance.

—Mon frère,... mademoiselle, dit Juliette, permettez-moi de vous présenter M. Paul.

— Depuis quand, dit Lucie ironiquement, mon cousin Albert se nomme-t-il Paul?

Juliette devint blanche comme un lys.

—Votre cousin... lui!... s'écria-t-elle.

— Lui-même.

— Oh! mon Dieu! fit Juliette en tombant accablée sur une chaise.

— Monsieur! dit Maurice en s'avançant vers Albert les poings crispés par la colère, veuillez m'apprendre le motif de votre visite.

—Parbleu! répondit Albert, assez embarrassé de fournir promptement une explication... C'est tout simple... Je venais... chercher ma cousine.

— Vous mentez, Monsieur ! s'écria Lucie avec indignation.

— Toujours aimable, cousine... fit Albert en grimaçant un sourire.

— Oui, vous mentez!

— Prouvez-le moi.

N'appelez pas la dissimulation à votre aide, monsieur; elle aggrave encore vos fautes. Le

pseudonyme que vous avez pris, cet habit
d'emprunt, attestent assez que de coupables
intentions vous conduisaient ici. Vous consa-
criez vos loisirs à tromper une pauvre jeune
fille sans expérience... Vous cherchiez à
empoisonner son existence par une infâme
séduction. Mais, en vous démasquant, je la
préserve de tout danger.

Juliette, cédant à la violence de son émotion, se couvrit la tête de ses mains, et fondit
en larmes.

— Ma chère cousine, répliqua Albert, en
affectant beaucoup de calme, il ne vous sied
pas de montrer ces grands airs de vertu
lorsque je vous surprends en tête-à-tête avec
votre amant.

— Oh! monsieur!... dit Lucie douloureu-
sement en courbant la tête sous cet outrage.

Les rôles étaient changés. Les sarcasmes
d'Albert avaient atterré sa cousine, qui,
dans sa sollicitude pour Juliette, avait oublié
la position équivoque dans laquelle elle se
trouvait elle-même.

— Ne rougissez pas, belle cousine, reprit
Albert triomphant. Vos amours ne peuvent

que vous faire honneur, puisque, pour en voir l'objet, il faut que vous vous éleviez... jusqu'à un cinquième étage.

A cette raillerie grossière et de mauvais goût, un sourire méprisant effleura les lèvres de Lucie.

— Ah! ah! l'aventure est vraiment curieuse et vaut vraiment la peine d'être racontée, continua Albert sur le même ton.

— Vous savez bien que ce serait une honteuse calomnie! s'écria Maurice, qui se contenait à peine. Ah! s'il vous restait un peu d'honneur, monsieur, vous n'outrageriez pas une jeune fille si pure...

— Qui vous donne des rendez-vous.

— Oh! misérable!

Dans sa fureur, Maurice leva la main sur Albert; mais Juliette, prompte comme l'éclair, se jeta au cou de son frère.

— Maurice, je t'en supplie, s'écria-t-elle, ne le frappe pas.

— Sortez! sortez! s'écria Maurice en menaçant Albert. Ne souillez pas plus longtemps cette demeure de votre présence.

— Je me vengerai de vos outrages, mon

petit monsieur, fit Albert en ouvrant la porte.

Et il disparut. Après son départ, il se fit un moment de silence ; les jeunes gens étaient agités d'émotions douloureuses ; le premier, Maurice éleva la voix.

— Pauvre sœur ! tu l'aimais donc ? dit-il à Juliette.

Un sanglot fut la seule réponse de la jeune fille.

— Consolez-vous, Juliette ; mon cousin ne mérite pas vos regrets.

— Oh ! je pleure sur mes fautes, mademoiselle Lucie. Si ma légèreté n'avait pas attiré M. Albert dans cette maison, la scène qui vient de se passer n'aurait pas eu lieu. Oh ! je suis coupable, trop coupable pour que vous me pardonniez.

— Dieu lui-même ne vous condamnerait pas, Juliette.

— Que vous êtes bonne !

— Maintenant, mes amis, dit Lucie en pressant les mains de Juliette dans les siennes, il faut que je me sépare de vous. Je vais prévenir les calomnies de mon cousin.

— Partez, Mademoiselle..., dit Maurice

d'une voix qui exprimait à la fois la résignation et le désespoir, dites-moi un adieu éternel. Vous avez été trop longtemps victime de
votre générosité. Moi, qui donnerais avec
plaisir mon sang pour vous épargner une
douleur, je ne veux pas d'un bonheur qui
vous coûte tant de larmes. Non, il ne m'est
pas permis d'aspirer à vous qui êtes riche et
belle... Les nuages qui couvrent l'horizon de
mon avenir ne se dissiperont jamais peut-
être... Sur cette terre, je ne dois être uni à
vous que par la pensée.

— Vous me dites adieu, Maurice ; et moi je
vous dis : Au revoir!

Et, après avoir gratifié l'artiste d'un regard
dans lequel elle mit toute son âme, la jeune
fille sortit. Il était temps. On entendait encore le frôlement de sa robe de soie sur les
marches de l'escalier, quand M. de Marvennes rentra chez lui. En embrassant sa
fille, il sentit l'humidité des larmes qu'elle
avait versées.

— Juliette, lui dit-il, qu'est-il arrivé pendant mon absence?... Tu as pleuré...

Par des signes d'intelligence, Maurice sup-

pliait sa sœur de ne pas avouer à M. de Marvennes la cause de son affliction. Juliette,
embarrassée, garda le silence.

— Tu ne me réponds pas? dit Frédéric à
sa fille d'un ton de reproche. Crains-tu que
je te gronde?... Enfant, ce serait la première
fois.

— Eh bien!... il est vrai..., balbutia Juliette, à qui le mensonge coûtait, j'ai pleuré...
en pensant à ma mère?

Au souvenir d'Éléonore, évoqué par sa fille,
les traits de M. de Marvennes se contractèrent
violemment.

— Pauvre enfant! murmura-t-il, elle souffre... mais, quoi qu'il lui en coûte, elle doit
toujours ignorer le nom de sa mère. Il y va
du salut de sa vie!...

CHAPITRE XII

Séduction.

Lorsque le chevalier de Barcas vint à Paris avec M. Delaborde, il se trouvait à la tête de deux cent mille francs. Aussitôt il monta une maison, prit des domestiques, acheta un équipage, le tout afin de soutenir dignement l'éclat de son rang. Il ne manqua pas non plus de faire peindre son blason sur le panneau de sa voiture. C'était une forte épée, couronnée de lauriers, avec cette devise *Protegit virtutem* (elle protége la vertu). Grâce à sa science héraldique, à son esprit délié, à ses belles manières, notre chevalier passa pour un noble de bonne souche et fut reçu dans les salons aristocratiques du faubourg Saint-Germain. Bizarre rapprochement ! Cet homme qui coudoyait des duchesses était pourtant sorti de l'égout et du tripot. Plongé dans une misère dégradante, objet de mépris et de pitié, jeté sur ce fumier immonde où la société laisse pourrir les pauvres, c'est-à-dire les deux tiers de ses membres, il avait accepté le défi que le sort lui avait jeté, et il était sorti triomphant de la lutte qu'il avait engagée avec les hommes. Du rang le plus infime il s'était élevé à une éminente position par la ruse et le mensonge. Un préjugé lui avait servi de passe-port. Autrefois il était honni, conspué ; il était choyé, fêté, admiré.

M. de Barcas avait perverti par son exemple et ses conseils le jeune Delaborde, dont il comptait faire sa dupe. Encouragé par un tel maître, Albert ne gardait aucune retenue. Il donnait un libre cours à ses mauvaises passions, se livrait à une luxure effrénée. Si la débauche n'eût pas tué en lui le sens moral, Juliette l'eût sauvé de l'abîme où l'entraînait le chevalier. Elle était digne de lui inspirer

un amour sincère et pur. Ce sentiment l'eût
tiré de la fange du vice en élevant son âme
dans d'idéales régions. Mais la naïveté et la
pureté de la jeune fille, loin de le toucher,
excitaient ses désirs insatiables d'impurs plaisirs. Contrarié dans ses projets par sa cousine, il songea que M. de Barcas saurait lui
donner les moyens d'arriver à ses fins. En
conséquence, il se rendit à la demeure du
chevalier, qu'il trouva dans son salon.

— Par quel miracle faites-vous votre apparition, jeune homme ? s'écria M. de Barcas
avec l'accent d'une profonde surprise.

— En effet... répondit Albert, je mérite vos
reproches. Il y a quinze jours que je n'ai eu
le plaisir de vous serrer la main.

— Et que signifie cette longue absence ?

— Mon cher ami, ne riez pas trop. Je crois
que je suis amoureux...

— Amoureux ! interrompit M. de Barcas
en souriant. Et de quelle courtisane ? D'une
lorette, d'une actrice, d'une danseuse ?

— Non... non... d'une femme.

— Ah diable ! il paraît que c'est sérieux.
Voyons !... quelque syrène de haut parage

qui vous laisse soupirer sur tous les tons avant de se mettre avec vous à l'unisson ?

— Vous ne devinez pas, chevalier. Je suis fatigué de chiffonner la dentelle et la soie. Vive la robe d'indienne !

— C'est donc une petite ouvrière ?...

— Simple, vertueuse, pauvre.

— Trois titres qui sonnent mal à mon oreille. Ne vous attaquez pas aux vertus de mansarde, Albert, elles sont hérissées d'épines. Le beau plaisir de séduire une fille du peuple pour avoir à ses trousses cinq ou six butors, le père, les frères, qui hurlent et aboient comme des enragés. L'honneur, mon cher Albert, c'est le manteau de parade dans lequel le pauvre se drape orgueilleusement. Nous autres, nous avons les délices du luxe, du *farniente*, de la bonne chère, mais le pauvre n'a que son honneur. Aussi mord-il et déchire-t-il à belles dents ceux qui cherchent à lui ravir ce précieux hochet, son unique consolation.

— Je me moque de ces dangers. Il me faut Juliette !... Je la veux ! je l'aurai !... s'écria Albert avec un cynisme qui eût révolté

10.

tout autre homme que M. de Barcas. D'ailleurs, ajouta-t-il, je satisfais à la fois mon amour et ma vengeance.

— Votre vengeance ?

— Sans doute, puisque Juliette est la sœur de Maurice.

— Vraiment !

— Et que Maurice est l'amant de ma cousine. Voyez-vous, M. de Barcas, comme tout s'enchaîne !

— Que dites-vous ?

— La stricte vérité ! J'ai rencontré ma cousine dans une mansarde... Elle y venait trouver Maurice, et moi, Juliette.

— Étrange rencontre !

— N'est-ce pas ?

— Ne perdez pas de temps, Albert. Il faut instruire M. Delaborde de la conduite de sa nièce. Je vous engage à ne pas l'épargner. Elle irrite sans cesse votre père contre vous.

— Je le sais bien. Mon père me montre un visage sévère... il ne répond rien à mes demandes d'argent. Je suis forcé d'emprunter, moyennant d'énormes intérêts, à de vils usuriers. Ma parole d'honneur, j'ignore ce que

M. Delaborde prétend faire de ses lingots d'or... des reliques sans doute.

— Vous hériterez de ces reliques.

— Dieu sait quand !

— Bientôt, peut-être... D'un moment à l'autre votre père peut succomber. Il ne vous laisserait pas moins d'un million... Oh! que la vie serait belle avec un million! Plus de gêne, plus de soucis, plus d'entraves à vos plaisirs...

— Taisez-vous, chevalier, taisez-vous, s'écria Albert, si vous voulez que j'aie la patience d'attendre !

— Moins heureux que vous, je n'attends rien.

— Ne suis-je pas votre ami ? Que j'hérite demain de la fortune de mon père, et demain vous serez aussi riche que moi.

— Cette générosité, Albert...

— Ne vous récriez pas. J'acquitterais simplement une dette que vos bons services m'ont fait contracter envers vous.

— Avec le temps, vos idées changeront.

— L'amitié fondée sur la sympathie des goûts, des caractères, est durable, éternelle.

Ce que j'aime en vous, chevalier, c'est le joyeux compagnon demandant à la vie les jouissances qu'elle peut donner, riant de toutes choses. Moi, d'abord, je veux rire et m'amuser jusqu'à mon dernier soupir!

— Voyons, Albert, tenez-vous beaucoup à cette petite ouvrière?

— Certainement. Je n'ai jamais désiré avec autant d'ardeur la possession d'une femme. Mais j'arriverai difficilement à mon but. Juliette ne me recevra plus chez elle à présent qu'elle connaît mon rang, car je m'étais donné pour un pauvre commis. Il n'y aurait qu'un enlèvement qui pût me la livrer.

— Mauvais et ridicule moyen. Vous devez avoir étudié sa nature. Est-elle coquette?

— Non.

— Orgueilleuse?

— Non.

— Ambitieuse?

— Non.

— Gourmande?

— Non.

— Paresseuse?

— Non.

— C'est donc un ange que votre grisette?

— Je le crois.

— Si elle n'a aucune passion, on ne peut l'attaquer alors que du côté des sentiments. A-t-elle ses parents?

— Oui. Elle demeure avec son père et Maurice. Ah! j'oubliais de vous faire part d'une chose assez singulière : Juliette m'a montré un portrait, celui de sa mère, qui ressemble d'une manière frappante à Madame Delaborde.

— Oh! mes souvenirs!... Ne serait-ce pas un médaillon?

— Précisément.

— Il est cinq heures, dit M. de Barcas en jetant les yeux sur une pendule; demain à la même heure, jeune homme, Mademoiselle Juliette sera dans vos bras.

— Vous raillez, chevalier.

— Nullement.

— Mais encore, comment ferez-vous? A moins que vous ne possédiez un talisman pour attirer les jeunes filles, je ne vois pas trop quel moyen vous emploierez.

— Pas de questions. Ayez foi en mes promesses.

— Vous avez raison, chevalier. C'est la foi
qui sauve.

— Votre petite maison de la rue d'Amsterdam est-elle habitée? Phœdora?

— Je l'en ai chassée. Elle me ruinait.

— Bien. Trouvez-vous demain dans votre
maison, et à cinq heures précises votre divi-
nité vous apparaîtra.

— Monsieur de Barcas, vous marchez sur
les brisées du célèbre Cagliostro.

— Ah! l'adresse de la petite?

— Rue St-Martin, 19. Tenez, voici la clé
de ma chambre, d'où vous l'observerez à
votre aise. Adieu, chevalier.

— Ah! M. de Marvennes, murmura le chevalier pendant qu'Albert sortait, je vais
prendre contre vous une belle revanche. Le
déshonneur de votre fille paiera votre équi-
pée de Tours!

Le lendemain, après s'être assuré de l'absence de Maurice et de Frédéric, M. de Barcas frappait à la porte de la mansarde. S'i-
maginant que son père ou son frère rentrait,

Juliette alla promptement ouvrir. A l'aspect d'un étranger, elle ne put réprimer un mouvement de frayeur.

— Albert n'a pas mauvais goût, pensa M. de Barcas en regardant la jeune fille.

— Que désirez-vous, Monsieur? dit Juliette toute tremblante.

— M'entretenir un instant avec vous, mon enfant.

— Mais, Monsieur, je ne sais...

— Si vous devez m'accorder ce que je vous demande. D'un mot je puis faire cesser votre hésitation et calmer vos alarmes. Je viens à vous au nom de votre mère.

— Ma mère! vous la connaissez, Monsieur? s'écria Juliette en se rapprochant de M. de Barcas.

— Oui, mon enfant. Elle a bien voulu me charger de vous conduire à sa demeure.

— Je pourrais l'embrasser!... Oh! mon Dieu! ce serait trop de bonheur!

— Elle vous attend.

— Je croyais... on m'a dit que ma mère résidait à Londres.

— On vous a trompée, mon enfant. Votre

mère n'a jamais quitté la France. En ce moment, elle se trouve à Paris.

— A Paris, si près de moi !

— Consentez-vous à me suivre, et dans quelques minutes vous la verrez ?

— Ah ! Monsieur, si je n'écoutais que mon cœur, je courrais au-devant de ma mère... Mais on m'a défendu de chercher à la connaître.

— M. de Marvennes, sans doute ?

— Oui, Monsieur.

— Il ne peut lui pardonner de vous avoir abandonnée dans un moment où le malheur la frappait cruellement.

— Quoi ! Monsieur, vous savez...

— L'histoire de votre enfance. Vous avez été recueillie sur les marches de l'église Saint-Roch. On a trouvé sur vous un petit médaillon.

— Tout cela est vrai. Mais ne croyez pas que j'accuse ma mère de mon abandon. Je l'aime comme si j'eusse passé ma vie avec elle. Chaque soir, je prononce son saint nom dans mes prières et j'embrasse son portrait.

— Votre mère vous aime autant que vous

l'aïmez, Juliette. Aussi je ne me présenterai
pas sans vous à sa demeure, car elle mourrait
de désespoir en apprenant que vous avez refusé de me suivre.

— Oh ! mon Dieu ! que faire?

— Pourquoi hésitez-vous?... M. de Marvennes ignorera le motif de votre absence...

— Mais il sera inquiet.

— Rassurez-le par un mot d'écrit. Tenez,
justement, voici une plume, de l'encre.
Ecrivez.

Et ce disant, le chevalier mit une plume
dans la main de la jeune fille.

— Non... Je commettrais une faute... murmura Juliette.

— Dans une heure vous serez de retour
ici, et vous aurez embrassé votre mère!...

— Oh! pardonnez-moi, mon Dieu!

Juliette traça vivement quelques mots sur
le papier.

— Vous avez écrit. Venez, Juliette, venez!
s'écria M. de Barcas en entraînant la jeune
fille.

La voiture du chevalier l'attendait dans la
rue. Il y fit monter Juliette et ordonna au

cocher d'aller ventre à terre. En moins d'un
quart d'heure, le trajet de la'rue Neuve-
Saint-Martin à la rue d'Amsterdam fut par-
couru par deux chevaux fringants. L'équipage s'arrêta devant une petite maison dont
tous les volets étaient hermétiquement fer-
més. Elle semblait inhabitée. Cependant, au
premier coup de marteau, un concierge vint
ouvrir la porte-cochère. La voiture entra
dans une cour sablée. M. de Barcas et Juliette
en descendirent, montèrent un petit perron
et pénétrèrent dans un salon après avoir traversé une antichambre. Là, M. de Barcas pria
la jeune fille d'attendre un instant la venue
de sa mère. Restée seule, Juliette eut peur.
Le morne silence qui régnait dans cette
mystérieuse maison l'effrayait. Elle se prit à
réfléchir à la démarche qu'elle avait faite,
regrettant déjà d'avoir cédé aux sollicitations
du chevalier. L'inquiétude la gagnait. Elle
se demanda pourquoi sa mère ne l'avait pas
reçue à son arrivée. Juliette en était là de'ses
réflexions, lorsqu'elle entendit un bruit de pas
qui se rapprochait de l'appartement où elle
se trouvait. Ses soupçons s'évanouirent aus-

sitôt, et elle fut tout entière à la joie d'embrasser sa mère. Elle ressentait une telle émotion qu'elle se soutenait à peine. Son cœur battait à briser sa frêle poitrine. La porte s'ouvrit enfin... Albert Delaborde parut sur le seuil. Juliette resta muette de stupeur. Albert s'avança au milieu du salon.

— Bonjour à la charmante Juliette, dit-il légèrement.

— Où suis-je?... Mon Dieu! où suis-je? s'écria Juliette avec égarement.

— Ne te désole pas ainsi, ma toute belle. Tu ne cours aucun danger. Tu es ici chez toi. Oui, Juliette, si tu le veux, retirés dans cette maison, loin du monde, loin des importuns, nous serons heureux, nous nous aimerons...

— Oh ! monsieur, vous osez me parler d'amour après avoir tendu un piége à ma bonne foi, après avoir abusé du nom sacré de ma mère...

Albert changea de ton.

— Suis-je donc bien coupable, mademoiselle, répliqua-t-il, d'avoir employé une innocente ruse pour vous retirer d'une position qui ne vous convenait nullement. Tous les

trésors de grâce et de beauté ne doivent pas
être enfouis dans une obscure pauvreté...

— Epargnez-moi, monsieur, des choses
que je ne dois pas entendre. Je suis très-con-
tente de mon sort, je ne désire pas la richesse.
Votre intention, en m'attirant dans cette maison, était-elle de m'éblouir par des offres
brillantes ?

— Non, Juliette. Je veux savoir seulement
si vous répondrez un jour à mon affection, à
mon amour.

— Vous m'avez trompée, monsieur. Je ne
vous aimerai jamais.

— Jamais ! s'écria le jeune homme furieux.
Juliette, tu viens de prononcer ta condamnation !

— Que dites-vous ?

— Je dis que tu es en mon pouvoir. Je dis
que tu vas m'accorder à l'instant cet amour
que tu m'as refusé !...

— Oh ! je vous en prie, monsieur, dit Juliette éplorée en joignant les mains, au nom
de ce que vous avez de plus sacré, de plus
cher au monde, laissez-moi partir... Vous
n'exécuterez pas vos horribles menaces....

Vous avez voulu m'effrayer... me punir de mes torts... Oui, j'ai eu tort... Un jour... peut-être... j'aurai de l'affection, de l'estime pour vous... Oh! laissez-moi sortir de cette maison... Mon père m'attend... il serait inquiet en ne me voyant pas venir!...

— Que tu es belle!... s'écria Albert, dont les yeux ardents semblaient boire les larmes qui roulaient sur les joues de Juliette.

— Oh! mon Dieu! sauvez-moi! sauvez-moi!...

Après avoir jeté ce cri de détresse, la jeune fille s'élança vers la porte, mais Albert la prévint, la prit dans ses bras et l'étreignit contre sa poitrine... Juliette essaya de rompre la chaîne qui entourait son corps. Elle lutta quelques instants, mais en vain.

Brisée par tant d'émotions, la pauvre enfant s'évanouit....

— Elle est à moi!... s'écria le misérable jeune homme avec une expression de cynisme impossible à décrire.

Pour compléter le tableau, la figure diabolique de M. de Barcas apparut alors dans l'encadrement de la porte.

CHAPITRE XI

La Marâtre.

A trois lieues de Paris, près du village de Chenevières, se trouve un château dont la situation est ravissante. Il est coquettement assis au pied d'un coteau. Devant sa façade s'étend une belle et vaste prairie coupée dans sa longueur par un bois, dont l'extrémité borde la rive gauche de la Marne. Depuis quelque temps le *château de Chenevières* (ainsi appelé à cause de sa proximité avec le village de ce nom) et ses dépendances appartenaient à M. Delaborde qui venait, chaque année, y passer la belle saison. Aussi ce ne fut pas sans un vif mécontentement

qu'il se vit contraint de quitter son domaine
au milieu du mois de juillet 1835, et de se
rendre avec sa femme à Paris, où des affaires
importantes réclamaient immédiatement leur
présence. Ne voulant pas rester seule avec son
cousin, Lucie accompagna M. Delaborde.

Albert fut enchanté du départ de son
père. L'ancien manufacturier, malgré son
immense fortune, était fort parcimonieux.
Il sermonnait sans cesse son fils à l'occasion
de ses dépenses exagérées.

— Amuse-toi tant que tu voudras, lui ré-
pétait-il souvent, mais ne me ruine pas.

Il est vrai que l'économie n'était pas la
vertu par laquelle se distinguait Albert. Il
abaissait cette qualité bourgeoise au niveau
du ridicule. Régnant en maître absolu dans
le domaine de Chenevières, il fit prévenir ses
amis qu'il était délivré du despotisme paternel. Ceux-ci, s'empressant de répondre à
son invitation, accoururent au château. Ils
y furent royalement fêtés. Parties de chasse,
bon vin, bonne table, aucun agrément cham-
pêtre ne leur manqua. Albert leur donnait
l'exemple. Il était le plus ardent au plaisir.

Peut-être avait-il besoin d'oublier, dans une fiévreuse agitation, l'action infâme dont il venait de se rendre coupable ; peut-être le remords veillait-il au fond de son âme !

Huit jours après, Albert déjeunait avec ses amis dans la salle basse du château, dont les murs résonnaient sous les bruyants rires excités par les plaisanteries de M. de Barcas, qui donnait un libre cours à sa verve caustique. Les convives, parmi lesquels nous remarquons deux anciennes connaissances, Théodore le mélomane et Émile de Saint-Phar le rêveur, avaient la tête échauffée par les vins les plus exquis, sortis des caves de M. Delaborde. Ils raisonnaient, ou plutôt divaguaient sur toutes choses, parlant à la fois de femmes, de chevaux, de poésie, de jeux de bourse, de théâtre, mêlant tout, confondant tout dans une conversation sans frein, sans logique, qui dénotait des esprits frivoles et des cœurs parfaitement vides.

Il faisait une chaude journée ; l'atmosphère était chargée d'électricité. Au-dessus de la tête des débauchés grondait sourdement le tonnerre, mais leur tapage infernal couvrait la grande voix de la nature.

Cependant, il y eut un moment de silence qui permit à M. de Barcas d'entendre le bruit de la foudre.

— Messieurs, dit-il aux convives, pendant que nous rions ici-bas, le ciel se fâche là-haut.

— Ce sont nos innombrables péchés qui l'irritent, dit le mélomane.

— Eh! quoi, Théodore, répliqua ironiquement M. de Barcas, tu as la simplicité de croire que Dieu s'occupe de toi et de tes semblables, de cette fourmillière imperceptible d'humains qui s'agitent et rampent dans la boue. En vérité, il n'y a que les poètes pour grossir les choses à ce point!

— Ne m'attaque pas, chevalier, s'écria Émile.

— Messieurs, il me vient une idée bouffonne, reprit Théodore, en revenant à la charge. Si nous faisions, à tour de rôle et à haute voix, notre confession?

— Décidément, tu es ivre, mon cher Théodore, interrompit M. de Barcas, en éclatant

11.

de rire. En nous ouvrant ta conscience, tu veux sans doute nous prouver que l'homme est capable de toutes les bassesses.

— Tu as le vin maussade, chevalier, dit le mélomane, en devenant rouge comme un coquelicot.

— Pas de colère, Théodore.

— Tu es un misérable !

— Notre ami Théodore ne s'indigne si fort contre moi, Messieurs, que parce qu'il craint que je ne divulgue ses ressources secrètes, ses petits moyens d'existence. Vraiment ! cette crainte est puérile. Chacun tire parti de ses avantages. Rien de plus louable. Ne sait-on pas que dans notre société, le plus rusé et le moins scrupuleux l'emporte toujours ? Donc, notre ami Théodore a eu l'heureuse idée de donner des leçons de musique à cinq ou six demoiselles d'une rare beauté, d'un ton parfait, d'une grande distinction de manières, qui spéculent sur les passions humaines.

Dans le monde, dans les salons, aux eaux, partout enfin, le maître de musique vante la grâce, l'esprit et la beauté de ses élèves. Il

ne tarit pas en éloges sur leur compte. Il
attire ainsi vers les parages de ces dange-
reuses sirènes, de ces gentils démons de
l'amour, les imprudents qui l'écoutent avec
intérêt. En échange des bons services qu'il
rend à ses élèves, Théodore reçoit de chacune d'elles quelques pièces d'or et quelque
faveur que je passe sous silence.

— C'est aller trop loin, chevalier, dit Emile
de Saint-Phar, c'est blesser les convenances...
Entre amis, que diable! on ne se jette pas à
la face ces vilaines choses !

— Toi qui te récries, sublime poète, tu ne
vaux pas Théodore. Non content d'avoir ravi
à M. de Saint-L... l'amour de sa femme, que
tes poétiques livres, dans lesquels tu chantes
les rêveries au fond des bois, les aspirations
éthérées de l'âme vers l'idéal, avaient doucement conduite à l'adultère, tu lui as cassé la
tête d'un coup de pistolet. Aujourd'hui, tu
jouis de la fortune de M. de Saint-L..., et tu
le remplaces auprès de sa veuve.

— Monsieur de Barcas! dit avec vivacité
un convive, vous dépassez les bornes de la
bienséance.

— Toi, vicomte de Junior, tu es un frippon. L'étonnant bonheur que tu as au jeu provient de la rare dextérité avec laquelle tu fais sauter la carte. En effet, tu ne sors jamais d'un salon sans emporter dix ou douze billets de banque.

— La plaisanterie s'arrête où commence l'insulte, s'écria un monsieur tout de noir habillé en braquant son binocle sur M. de Barcas.

— Toi, tu es le médecin de la mort et le chimiste expert de poisons dont tu possèdes la plus belle collection dans ton cabinet. Si par malheur l'on déterrait les malades que tu as soignés, on découvrirait que tu en as empoisonné la moitié. Mais tu es homœopathe, allopathe, que sais-je! Cela donne de l'originalité et sauve la situation.

— Messieurs! tonna un autre invité avec indignation, je ne permettrai pas que M. de Barcas continue plus longtemps sur ce ton.

— Il te sied bien, en vérité, de prendre la défense d'autrui, arlequin, caméléon, écrivain taré, homme sans nom, sans opinion, toi qui vends ta conscience et ton esprit au plus offrant et dernier enchérisseur, toi qui rétractes le soir ce que tu as publié le matin, toi qui échappes à l'analyse par les mille transformations que tu as subies...

Les clameurs unanimes des invités interrompirent M. de Barcas au milieu de ses virulentes apostrophes.

— Pour attaquer le prochain avec une telle violence, qui êtes-vous donc? dirent-ils presque tous à la fois.

— Un franc vaurien comme vous, messieurs, répondit cyniquement le chevalier de Barcas. Seulement, je revendique ce que j'ai de plus que vous, le mérite de la franchise. Qu'au-dehors nous nous montrions jaloux de notre honneur ; qu'en face du public, nous le préservions de toute atteinte en le défendant à la pointe de l'épée, rien de mieux; mais de grâce, lorsque nous sommes *inter nos*, détendons-nous un peu, mettons-nous à l'aise. Ne jouons pas entre nous aux saints apôtres. Soyons ce que nous sommes réellement : des gens qui veulent passer agréablement leur temps, épuiser les joies de la vie, et qui atteignent leur but par tous les moyens, de vrais démons des familles qui séduisent, enlèvent les jeunes filles, et, l'épée à la main, se défont des récalcitrants.

— Tu as de l'animosité contre moi, chevalier, dit Emile, parce que j'ai servi de témoin au malheureux vicomte de Lasalle, qui a payé de sa mort la témérité d'avoir douté de ton origine aristocratique.

— Je n'ai pas de rancune, messieurs, et j'en fournis la preuve. Je propose un toast à notre amitié commune.

Les vers s'emplirent.

— Il est vraiment impossible de se fâcher avec lui, répétèrent l'un après l'autre tous les invités. Ivre ou à jeun, il est toujours pétillant d'esprit, comme le généreux champagne. Mais malheur à celui qui reçoit son bouchon!

— Pourquoi ne buvez-vous pas avec nous, cher amphytrion, dit M. de Barcas à Albert. Nos plaisanteries un peu salées ne vous conviendraient-elles pas?

— Je serais le premier à en rire, si une sorte de malaise que me fait éprouver ce temps d'orage ne paralysait ma gaieté! Je crois que l'air me manque. J'étouffe...

Pour respirer plus librement, Albert quitta la table, et alla se placer à l'embrasure de la croisée. Au même instant, un immense éclair couvrit de feu la surface du ciel, et un bruit lugubre, formidable, retentit dans les airs. Jamais homme ne parut plus effrayé qu'Albert. Chancelant, égaré, il vint retomber sur sa chaise comme une masse inerte. Une pâleur cadavéreuse couvrait son visage. On eût dit que la foudre l'avait frappé.

L'orage était d'une violence extrême. La pluie tombait par torrents. Théodore s'empressa de refermer les croisées. Les amis d'Albert accueillirent sa terreur panique avec de grands éclats de rire.

— Ne riez pas, messieurs, leur dit le jeune homme saisi d'un tremblement nerveux, ne riez pas. J'ai vu...

Albert s'arrêta, comme si la voix lui eût fait tout à coup défaut.

— Eh bien, quoi ? qu'avez-vous vu ? fit le chevalier d'un ton goguenard. L'hydre aux sept têtes de l'Apocalypse ?

— Le doigt de Dieu sur la muraille ? dit Saint-Phar.

— Le *Mane, thecel, pharès,* qui apparut à Balthazar, de sinistre mémoire, ajouta Théodore.

— Une bête fauve, je parie?... dit à son tour le vicomte de Junior.

En dépit de ces sarcasmes, Albert restait impassible. Le spectacle auquel il avait assisté lorsqu'il était à la fenêtre, l'avait glacé d'épouvante. A la lueur blafarde d'un éclair, il avait vu et reconnu aussitôt une femme qui se tenait au milieu de la prairie les bras et les yeux levés au ciel. Au moment où la foudre avait éclaté, cette femme était tombée la face contre terre. — Morte! morte!... murmurait Albert absorbé dans sa pensée. Et tandis qu'elle était dans les larmes, que le désespoir déchirait son cœur, je me réjouissais, je m'enivrais! Oh! le ciel n'est pas juste... je méritais son sort.

— Auras-tu bientôt fini ton soliloque? dit Saint-Phar au jeune homme.

Les railleries recommencèrent. Pressé de questions, Albert murmura le nom de Juliette à l'oreille de M. de Barcas. Ce que le chevalier traduisit de la sorte :

— La chose est vraiment incroyable! Figurez-vous, messieurs... il faut lui pardonner en faveur de sa jeunesse.... Figurez-vous qu'Albert a la conscience troublée par les remords.

Un hourra général accueillit ces paroles.

— Quel crime a-t-il commis? demanda Théodore, quand le silence fut rétabli.

— Rien autre chose qu'une peccadille... le plus innocent péché du monde. Albert s'est abaissé jusqu'à donner son amour à une fille du peuple.

— Raconte-nous l'histoire, chevalier. Nous sommes curieux d'en connaître les détails. N'est-ce pas, messieurs?

— Deux mots suffiront. La jeune fille en question, croyant embrasser sa mère, s'est trouvée je ne sais comment dans les bras de notre ami Albert. Voilà l'histoire.

Nouveaux rires.

— Il ne faut pas croire ainsi à la fidélité et à l'attachement des femmes, mon cher Albert, reprit M. de Barcas. Juliette ne songe pas à venir vous relancer ici. Elle vous a déjà oublié et remplacé... J'en suis certain.

— Vous avez peut-être raison, chevalier, répondit Albert, cherchant à chasser les fantômes qui obsédaient son esprit. Emile, du Madère !

— Je remplis ta coupe jusqu'aux bords ! fit le poète en versant une copieuse rasade de vin dans un verre, qu'Albert vida d'un trait.

— L'enfer me poursuit ! s'écria-t-il en posant son verre sur la table.

— Deviens-tu fou, Albert ? dit le mélomane.

— Cette fois, ce n'est pas une vision de mon esprit en délire. Regardez, messieurs ! s'écria Albert en désignant d'un geste l'entrée de la salle.

Tous les convives tournèrent la tête et restèrent muets de stupeur. Sur le seuil de la porte se tenait immobile une pauvre fille dont l'aspect eût ému les cœurs les plus insensibles. Elle n'avait sans doute pas d'asile, car elle était toute mouillée. Les larmes qui coulaient en abondance sur son visage flétri dans sa jeunesse et sa beauté se confondaient avec l'eau qui ruisselait de ses vêtements. Elle était comme submergée par la douleur. Son atti-

tude accablée révélait de poignantes angoisses.
Elle penchait la tête et laissait tomber négli-
gemment ses bras le long de son corps. De son
bonnet s'étaient échappées plusieurs boucles
de cheveux blonds qui flottaient en désordre
sur ses épaules. N'eussent été les sanglots qu'elle
ne pouvait étouffer, et qui sortaient par intervalles de sa poitrine, on eût dit la statue ou
la personnification de la douleur. La vue de
cette malheureuse créature dissipa les fumées
du vin qui obscurcissaient le cerveau des
convives. Aucun d'eux n'eut le courage de lui
adresser des paroles inconvenantes. Albert
s'avança vers elle.

— Mademoiselle, lui dit-il en déguisant
son émotion sous un ton de froideur, que
voulez-vous ?

— Je n'ai pas le droit de vouloir, Monsieur;
je suis à votre merci... répondit la pauvre
fille d'une voix entrecoupée de sanglots. Je
vous supplie, les mains jointes et les larmes
aux yeux, de me retirer de l'abîme où vous
m'avez jetée... Vous le savez, Monsieur, on
ne se résigne pas à la honte comme au malheur. Depuis quelques jours, tant d'affreuses

pensées m'ont épouvanté l'esprit, tant d'horribles souffrances m'ont serré le cœur, que
je me crois parfois le jouet d'un rêve... J'avais
l'amour de mon père, l'estime et l'amitié de
ceux qui me connaissaient; mon existence
était un chant joyeux, un hymne à Dieu. Oh!
que vous avais-je fait, Monsieur, dites, que
vous avais-je fait pour que vous changiez cette
existence si heureuse en un long et douloureux gémissement?... Est-ce possible que
vous ayez froidement résolu de me perdre,
moi, pauvre fille, de m'exposer à la réproba-
tion et au mépris de tous?... Ah! je ne croyais
pas qu'on pût supporter de telles souffrances,
mon Dieu! Si vous me repoussez, Monsieur,
la mort abrégera mes tortures... Mais non...
je ne puis pas mourir. Mon père me suivrait
dans la tombe. Oh! voyez, je suis à vos genoux... Au nom de Dieu, rendez une fille à
son père.

Les touchantes supplications de Juliette
(car c'était elle) impressionnèrent Albert,
mais il se défendit aussitôt contre l'émotion
qui commençait à le gagner en songeant qu'il
était observé par ses amis, gens qui tournaient

en ridicule les sentiments les plus sacrés et mettaient leur gloire dans l'éclat de leurs vices.

— Mademoiselle, répondit-il sèchement à Juliette, votre situation m'intéresse... Je compatis à votre malheur. Je regrette que vous ayez follement refusé les secours que je vous avais offerts, et que je vous offre encore...

— De l'argent! vous m'offrez de l'argent, — interrompit vivement Juliette en rougissant, — lorsque je vous demande l'honneur.

— A la fin, que prétendez-vous? s'écria Albert avec l'accent de la colère.

— Si j'eusse été seule au monde, j'aurais bu mes larmes, j'aurais souffert en silence, vous ne m'eussiez jamais revue... Mais le coup qui me frappe atteint aussi mon père. Il passera ses derniers jours dans la honte et la douleur si vous ne me donnez pas votre nom. Lorsque je sortis de la maison où vous m'attirâtes par un sacrilége artifice, j'avais la tête perdue ; je voulais mourir. Le ciel me détourna de cette funeste résolution en m'envoyant une sainte pensée. « La vie ne m'appartient pas, me dis-je, je la dois à mon

père. J'irai trouver celui qui tient sa destinée
et la mienne entre ses mains; je lui crierai :
Grâce pour mon père, grâce pour un honnête
homme que le déshonneur de sa fille tue-
rait ! » Et je suis accourue vers vous, guidée
par l'espérance.

Albert releva la tête d'un air hautain.

— Vous oubliez, Mademoiselle, qui je suis
et qui vous êtes, répondit-il orgueilleusement.

— Mon Dieu, je n'ai plus rien à espérer !
murmura Juliette désespérée.

— Que de bruit, que de grimaces pour une
innocence perdue ! s'écria M. de Barcas en
accompagnant sa phrase d'un sourire cruel.
Eh ! petite, n'aurait-il pas fallu en venir là
tôt ou tard... Allons, belle Madeleine, sèche
tes larmes. Tu dois être fatiguée de gémir et
de sangloter. Viens t'asseoir à cette place.
Voici un vin généreux qui ramènera la joie
dans ton âme et le sourire sur tes lèvres.

Cette insulte fut le signal de cent autres
plaisanteries qui décontenancèrent et trou-
blèrent Juliette. Elle voulut sortir de cet enfer, mais un convive lui barra le passage, la

prit par la taille et essaya de la ramener à la table.

— Ah! vous ne m'épargnez aucune humiliation! dit la pauvre fille à Albert, en se débattant au milieu de ces ignobles débauchés.

A cet instant un domestique vint annoncer que madame Delaborde était de retour de Paris.

— Messieurs, dit Albert à ses amis, je vais au-devant de ma mère.

Il n'eut pas le temps d'exécuter son projet, car madame Delaborde parut aussitôt. Juliette s'élança vers elle.

— Madame! s'écria-t-elle en tombant à ses genoux, sauvez-moi! protégez-moi! Je suis insultée.

— Qu'est cette fille? demanda Éléonore d'un ton méprisant.

— Une mendiante!... s'empressa de répondre M. de Barcas.

— Oh! ne croyez pas cela, Madame! c'est un mensonge. Je suis la victime de votre fils!...

Il y eut un moment de silence. Juliette, qui attendait un mot d'encouragement, une parole sortie du cœur, vit tomber une bourse devant elle. La jeune fille se releva indignée.

— Oh! soyez maudite, Madame! s'écria-t-elle, vous qui...

Juliette n'acheva pas. Sa malédiction était un blasphème. Elle recula épouvantée et fit un geste d'horreur. Son visage se couvrit subitement d'une pâleur livide ; ses yeux s'injectèrent de sang. Un cri horrible déchira sa poitrine et fit tressaillir d'effroi ceux qui l'entendirent. Folle de désespoir, elle sortit de la salle du château en s'appuyant sur chaque objet que rencontrait sa main et en poussant de sourds gémissements, comme si elle eût reçu un coup de poignard au cœur.

Dans cette femme qu'elle venait de maudire, Juliette avait reconnu sa mère !...

CHAPITRE XIV

Albert et Maurice.

La disparition de Juliette avait jeté dans une grande perplexité son père et son frère, qui ne surent à quel événement l'attribuer; car, on se le rappelle, la jeune fille n'avait pas indiqué dans sa lettre le motif de son absence. Elle instruisait seulement son père qu'elle serait de retour le soir même. Chaque minute qui s'écoulait accroissait l'inquiétude de ceux qui l'attendaient. Ne la voyant pas venir à l'heure qu'elle avait indiquée, M. de Marvennes craignit qu'elle eût été la victime de quelque accident. Il ne put supporter plus longtemps une cruelle incertitude. Accom-

12

pagné de Maurice, il alla de tous côtés, chez
les amies de Juliette, chez les personnes pour
lesquelles elle travaillait. Mais nulle part on
ne l'avait vue. Quelques jours se passèrent en
recherches infructueuses. Alors un doute surgit dans l'esprit de Maurice. Il se remémora
les menaces de son ennemi. Effrayé de cette
idée, de ce soupçon, Maurice se rendit spontanément à la demeure de Mademoiselle Delaborde, qui lui apprit le crime de son cousin.

— Et ma sœur, qu'est-elle devenue ?... demanda Maurice avec anxiété.

— Elle m'a quittée, malgré mes remontrances. Elle s'est rendue au château de Chenevières dans l'espoir de ramener mon cousin à de meilleurs sentiments, de le toucher
par ses prières.

— Vaine tentative ! Albert raillera sa victime... Il n'en aura pas pitié. Les hommes
orgueilleux et corrompus qui se font un jeu
du désespoir de leurs semblables, n'enten-
dent jamais les prières qu'on leur adresse ;
mais, au milieu de leurs plaisirs et de leurs
fêtes, ils se troublent et restent saisis d'effroi

lorsque ceux qu'ils oppriment viennent leur crier justice. Oui, j'irai demander pour ma sœur outragée une réparation solennelle au fils de M. Delaborde, et malheur à lui s'il me la refuse !

— Maurice, écartez cette funeste résolution. Songez qu'un duel avec mon cousin aurait pour conséquence de nous séparer à jamais.

— Nul ne peut échapper à sa destinée, Mademoiselle, répondit Maurice d'une voix sourde qui dénotait un profond découragement. La mienne est de désirer ardemment un bien qui s'éloigne toujours de moi. Dans ma première jeunesse, j'avais comme le pressentiment de mon avenir. Contrairement à tous les enfants, j'étais triste, réservé renfermé en moi-même. Je me montrais inaccessible aux bruits de la terre. La fin terrible et violente de ma mère m'avait tellement impressionné que ce funèbre tableau se présentait sans cesse à mon esprit frappé. Je marchais dans la vie, les yeux fixés sur son cadavre. Un jour, vous m'apparûtes, Lucie. Je vous aimai...., et l'amour fait croire au bonheur. J'oubliai ma mère, l'héritage de malheurs qu'elle m'avait légué ; j'oubliai que j'étais un enfant sans nom, sans naissance ; j'oubliai que je n'avais pas le droit de vivre! Je me mis à travailler et à espérer. Vous connaissez le résultat de mes luttes et de mes fatigues. A mesure que je faisais un pas vers vous, Lucie, la fatalité, le sort, les circonstances me repoussaient aussitôt, m'enlevaient en un instant le terrain que j'avais péniblement gagné dans ma carrière d'artiste. Ce dernier événement pose entre nous une barrière infranchissable. Ainsi, plus de folles illusions, plus de songes ambitieux, plus d'avenir. Je vous délie de vos serments, Lucie. Je ne suis plus votre fiancé. Ma mère se plaint de mon long oubli, et m'appelle du fond de son tombeau. Mon rêve d'amour et de bonheur est terminé. Adieu, Mademoiselle.

Et Maurice sortit brusquement, sans attendre la réponse de Lucie, qui tomba accablée, le cœur brisé, sur un siége. Après cette entrevue, Maurice prit aussitôt le chemin de Chenevières ; car il avait hâte de rejoindre

Albert et de lui demander un compte sévère de sa conduite. Bien que Maurice ne se fût jamais battu en duel, les conséquences d'une provocation ne l'effrayaient pas. Pourquoi aurait-il craint la mort? N'avait-il pas dit un éternel adieu à ses rêves et renoncé à cet amour qui l'avait soutenu jusque-là comme une divine espérance au milieu de ses tristesses et de ses misères? Pour venger sa sœur, n'avait-il pas fermé le livre de sa vie sur la page brûlante de sa passion? Tous les brillants météores qui scintillaient au ciel de sa jeunesse s'étaient éteints. Maurice ne voyait devant lui qu'un implacable ennemi qui l'avait constamment poursuivi d'une haine injuste et frappé dans ses affections les plus chères. Assez longtemps il avait baissé la tête et souffert en silence ; assez longtemps il avait opposé une sublime résignation aux attaques incessantes d'Albert ; il se redressait maintenant sous le pied qui l'écrasait. —

— Patience, résignation, vertus inutiles et méconnues! murmurait le jeune homme en proie à un sombre désespoir. Plus l'opprimé se courbe, plus l'oppresseur pèse sur lui.

12.

Deux heures sonnaient à la massive horloge du château de Chenevières, lorsque Maurice y arriva. Albert et ses amis déjeunaient en-encore, ou, pour mieux dire, le déjeuner avait été converti en orgie. Maurice pénétra dans la salle basse du château. Les convives, tout entiers à leur exubérante joie, ne remarquèrent pas même son entrée. A la vue d'Albert, de ce misérable qui se plongeait dans la débauche, après s'être souillé d'une action infâme, Maurice ne put contenir son indignation ; la colère empourpra ses joues ; la haine qui fermentait sourdement dans son cœur éclata.

— C'est cela ! c'est bien cela !... s'écria-t-il d'une voix tonnante. L'orgie après le crime !

Il y eut un moment de stupéfaction générale.

— Voilà un original qui a une étrange manière de s'annoncer ! s'écria M. de Barcas. De quel monde vient-il ?

— Mais je ne me trompe pas, ajouta-t-il en marchant au-devant du jeune homme, c'est Maurice... une connaissance de longue date. Pardieu ! il n'a pas changé.

— Pas plus que vous, Monsieur de Barcas. La méchanceté vous tient toujours lieu d'esprit. Au surplus, ce n'est pas à vous que j'ai affaire, c'est à M. Albert Delaborde.

— Parlez, Monsieur, dit Albert d'un ton goguenard.

— Je n'ai que peu de mots à vous dire, répliqua Maurice d'un ton ferme. Le sort de trois personnes, d'une famille que vous avez plongée dans la douleur, dépend de vous. Ai-je besoin de rappeler comment les choses se sont passées. N'ayant pas réussi à séduire une jeune fille en vous présentant à elle sous un faux nom et sous une fausse qualité, vous l'avez prise dans je ne sais quel piége traîtreusement dressé sous ses pas, et là, sans pitié pour sa jeunesse et son avenir, vous l'avez déshonorée. Maintenant, voulez-vous relever cette jeune fille que vous avez brisée, foulée aux pieds ? Voulez-vous effacer, par un acte d'homme d'honneur, sa honte et votre crime ? Dites, le voulez-vous ?...

— Messieurs, dit Albert à ses amis, puisque vous avez entendu l'accusation, vous entendrez aussi la défense.

— Rien de plus juste! fit M. de Barcas.

— Il y a de cela trois années, reprit Albert, j'allais épouser ma cousine, jolie femme, jolie dot! Imaginez quel est l'important personnage qui contraria mes projets? Monsieur Maurice, un ouvrier de mon père, un enfant sans nom, sans famille, qui se donnait des airs romanesques et jouait l'homme passionné avec ma cousine, qu'il prévenait charitablement contre moi par ses calomnies. Si bien que Lucie, se laissant prendre à ce jeu de paroles, eut le ridicule inexplicable de rompre un mariage digne de son rang pour s'intéresser, elle, riche héritière! à un ouvrier... Ceci se passait à Tours. Vous croyez peut-être qu'en venant à Paris, j'ai été débarrassé de M. Maurice? Pas du tout! Je le trouve encore sur mon passage, continuant la même comédie sentimentale avec ma cousine, se plantant à tout jamais entre elle et moi! A vous parler franchement, j'eus un peu de dépit. Sur ces entrefaites, je vis une petite fille, la sœur d'adoption de Monsieur. Elle me plut... je la pris. N'est-ce pas d'une bonne guerre?

— Rien de plus juste, dit de nouveau M. de Barcas.

— Sans doute... sans doute. Tu étais dans ton droit, répétèrent·l'un après l'autre les amis d'Albert. De quoi se plaint monsieur ? Il a tort, nous t'absolvons.

Ces sarcasmes étaient autant de coups de poignard qui déchiraient le cœur de Maurice.

— Dans le cas de rivalité, la vengeance est légitime, reprit Albert.

— Oui... en effet ! monsieur, s'écria Maurice, dont le geste menaçant effleura le visage d'Albert. Vous vous êtes vengé comme se vengent les lâches et les traîtres, sur une femme, sur une créature qui ne pouvait vous résister ! Lâche !...

Cette violente apostrophe rendit Albert furieux. Un nuage de sang passa devant ses yeux. Il saisit un couteau de sa main crispée et se précipita sur Maurice ; mais celui-ci, qui avait remarqué son mouvement, lui prit le bras droit de la main gauche, et de l'autre le renversa sur le carreau par une brusque et forte secousse. Puis, lui·ayant posé un

genou sur la poitrine, il le désarma, et, à son
tour, il tint le couteau levé au-dessus de la
tête d'Albert. C'était un moment terrible. A
chaque seconde, il était à craindre que Maurice, aveuglé par la colère, ne frappât son
ennemi. On n'avait pas encore eu le temps
ni le pouvoir de séparer les jeunes gens, lorsqu'un homme entra soudainement dans la
salle, s'ouvrit un passage au milieu des convives et cria d'une voix déchirante à Maurice,
dont il arrêta le bras :

— Maurice! voulez-vous devenir l'assassin
de votre frère!...

C'était M. Delaborde. Averti par Lucie, il
s'était empressé d'accourir au château, dans
la prévision de ce qui était arrivé, d'un conflit entre ses deux fils. A la révélation qui lui
fut faite, Maurice laissa tomber son arme.
Albert se releva. Il écumait de rage.

— Ton sang! Il me faut ton sang!... voci-
féra-t-il en menaçant Maurice. Misérable
assassin, auras-tu le courage de tenir une
épée?...

M. Delaborde se jeta entre ses deux enfants.

— Albert! s'écria-t-il, ne m'as-tu pas entendu? Ton frère... c'est ton frère!

— Laissez-moi libre, mon père.

— Je t'ordonne de rester ici, je te défends de te battre. Malheureux! le coup de la mort que tu porterais à Maurice serait ton châtiment éternel. A ton oreille, la voix de Dieu soufflerait sans cesse ces terribles reproches : — Caïn! Caïn! qu'as-tu fait de ton frère?...

— Il faut que je me venge! s'écria Albert, qui avait perdu toute raison. Mon père, si vous empêchez ce duel, je me frappe sous vos yeux de ce couteau?

A cette menace, qu'Albert semblait prêt à exécuter, les assistants frémirent d'horreur. M. Delaborde était dans un état affreux. Une sueur froide mouillait ses tempes et son front. Son visage était bouleversé par l'épouvante, sa respiration haletante. Il se tourna vers son autre enfant, et lui dit :

— Maurice, soyez plus raisonnable, plus humain que ce fils indigne. Il vous a outragé; oubliez ses injures. Quant à la personne qui vous est chère, je me charge de réparer le mal qui lui a été fait. Ne donnez

pas de suite à cette provocation, Maurice.
Montrez que la modération s'allie à la justice.
C'est moi, votre père, qui vous en prie.

Depuis le moment où sa parenté avec Albert lui avait été révélée, Maurice était tombé
dans une sorte de léthargie morale. Les dernières paroles de M. Delaborde l'en firent
brusquement sortir.

— Si vous aviez gardé un souvenir de la
nuit du 12 janvier, Monsieur, — répondit-il
à l'ancien manufacturier, qui parut terrifié
et baissa la tête pour cacher la pâleur livide
de son visage, — vous ne m'adresseriez pas
de vaines prières. Elle vous priait aussi cette
pauvre mère mourante de froid et de faim
sur une route déserte, par une horrible nuit
d'hiver. Elle vous suppliait de la secourir
dans sa détresse. Vous fûtes impitoyable. Et
pourtant, Monsieur, c'était vous qui l'aviez
réduite à cette extrémité. Quelques instants
après votre cruel refus, un étranger descendait son cadavre dans le fossé de la route. Ce
fut la sépulture de ma mère, morte de misère et de honte! A présent, Monsieur, vous
devez comprendre pourquoi ce nom de père,

source ordinaire de joies infinies, n'éveille
en mon cœur aucune tendresse. Je ne vous
connais pas, Monsieur, je ne veux pas vous
connaître, parce que je ne peux pas vous
aimer.

— Maurice!... interrompit M. Delaborde.

— D'ailleurs en 1832, si j'ai bonne mémoire, ne m'avez-vous pas chassé de votre
maison, précisément à cause de ma naissance? Vous saviez cependant que j'étais l'enfant de Madeleine Simon. Il faut qu'un motif
bien puissant vous force aujourd'hui à vous
rétracter, à me reconnaître. Ah! c'est qu'aujourd'hui vous croyez que les jours de votre
fils légitime sont en danger. Vous tremblez
pour lui! Eh bien, monsieur, rassurez-vous.
Votre fils me tuera, comme il y a vingt ans
vous avez tué ma mère!...

L'ancien manufacturier ne trouva rien à
répondre à ces foudroyants reproches sortis
de l'âme ulcérée de Maurice. Atterré, immobile au milieu de la salle, comme si ses pieds
eussent été rivés au sol, il souffrait mille
morts. Par instants son esprit s'égarait, le fil
de ses idées lui échappait. Il lui semblait que

des ombres dansaient autour de lui une ronde infernale. Durant toute cette scène, M. de Barcas avait montré une physionomie radieuse, enivrée. Ses yeux étincelaient de joie.

— Ils vont s'entr'égorger, ma parole d'honneur ! murmura-t-il à l'oreille de son voisin au plus fort de l'orage. Quant aux autres personnages, ces événements les avaient jetés dans une stupeur qui ne leur permettait aucune réflexion.

— Allons, messieurs, partons ! dit Albert en faisant simultanément un signe à Maurice et à ses amis.

Tout le monde sortit, sauf M. Delaborde.

— Puisqu'ils restent sourds à ma voix, pensa-t-il, il n'y a qu'un moyen d'empêcher ce duel, c'est d'avertir l'autorité.

Et il s'élança vers la porte. Mais à ce moment Éléonore parut sur le seuil et dit à son mari d'une voix forte, en appuyant son ordre d'un geste énergique et impérieux :

— Restez ! monsieur, restez !

CHAPITRE XV.

Pierre Blanchard, l'espion.

M. Delaborde s'arrêta brusquement.

— Savez-vous ce qui se passe, madame ? dit-il à sa femme d'un air égaré.

— Oui, monsieur, je le sais, répondit froidement Éléonore.

— Et vous me retenez ! Il faut que je sorte. Nous causerons dans un autre moment.

— Vous resterez, monsieur.

— Cette obstination !... A la fin, suis-je le maître chez moi ou votre esclave ?

— Puisque vous le prenez sur ce ton, je vous laisse le champ libre. Allez, monsieur. Vous êtes bien le maître, en effet, de vous déshonorer publiquement, de vous couvrir de ridicule. Je n'ai rien à y voir.

— Eh! madame, si je suivais vos conseils, je laisserais s'entr'égorger mes deux enfants, n'est-ce pas?

— Ne jouez pas la comédie avec moi, monsieur. Vous n'avez qu'un fils. C'est Albert que vous craignez de perdre.

— Eh bien, ai-je tort? Sa vie n'est-elle pas en danger?

— Pas plus que la vôtre.

— Je ne saisis pas le sens de vos paroles.

— Vous ignorez qu'Albert est un duelliste. Il a déjà eu trois ou quatre affaires semblables.

— En effet, j'en reçois la première nouvelle.

— Vos puériles frayeurs l'indiquent assez.

— Albert a manqué de franchise envers moi.

— Ne l'accusez pas. Vous vous êtes toujours montré trop sévère à son égard.

— Et vous, madame, trop indulgente.

— Duels, dettes, maîtresses, sont des peccadilles, des échappées de jeunes gens, qu'il

faut savoir pardonner à leur fougue. Ainsi,
monsieur, soyez sans inquiétude : ce soir,
Albert rentrera sain et sauf au château.

— Alors il aurait terrassé son ennemi. Non,
cela ne sera pas !...

— Je vous l'avoue, monsieur, j'ai peine à
m'expliquer l'intérêt que vous portez à ce...
Maurice.

— Ignorez-vous que je suis son père ?

— Lorsque vous le renvoyâtes de votre
fabrique, dans le courant de l'année 1832,
vous l'étiez aussi, ce me semble : comment
se fait-il qu'à cette époque l'amour paternel
vous ait complétement manqué?

— J'ai mal agi, j'en conviens ; mais ce
n'est pas une raison pour recommencer.

— Je vous le déclare formellement, monsieur, si ce bâtard entre dans votre famille,
j'en sortirai, moi!

— Éléonore!

— Réfléchissez, monsieur.

— Votre passé, madame, ne vous donne
pas le droit de tenir un pareil langage. Vous
oubliez que mon nom vous a sauvé de l'op-
probre !...

— Encore ces reproches !

— Eh bien, si l'enfant que vous avez abandonnée, si votre fille se présentait à vous, auriez-vous le courage de la méconnaître? Répondez-moi avec sincérité.

Éléonore pâlit légèrement.

—Oui, monsieur, dit-elle en s'efforçant de paraître calme; je la méconnaîtrais, je la renverrais loin de moi, comme j'ai renvoyé ce matin la maîtresse d'Albert, cette jeune fille qui m'implorait à genoux.

— Malédiction sur vous, madame! Vous avez frappé votre enfant !...

A cette terrible interruption, Mme Delaborde se tourna vivement du côté de la porte. En apercevant à l'entrée de la salle Frédéric de Marvennes, qu'elle reconnut malgré ses cheveux blancs et l'altération des traits de son visage flétri par l'âge et les chagrins, Éléonore recula de quelques pas. Sa surprise tenait de l'épouvante. Dans son trouble, elle s'imaginait que c'était une apparition. En effet, ne croyait-elle pas être certaine de la mort de son amant? Comment aurait-il survécu à sa ruine?

Étourdie par la présence subite de l'homme qu'elle avait enterré, Mme Delaborde passa la main sur son front pour en chasser les nuages qui voilaient sa pensée, et s'avança, chancelante, égarée, vers M. de Marvennes, en murmurant avec effroi :

— Qui êtes-vous?... Que dites-vous?

— Je dis, Madame, que vous êtes une marâtre; je dis que j'aurais dû vous écraser sans pitié, le jour où je vous tenais à ma merci; car je vous aurais épargné un crime !

— Ma fille ! c'était ma fille!... vociféra Eléonore en saisissant entre ses mains sa tête brûlante. Oh! mon Dieu!... Mais je lui ai porté un coup fatal ! Mais elle est sortie folle de cette maison... Le désespoir peut la pousser au suicide! Oh! courons. Frédéric, viens, viens : nous retrouverons notre enfant... Nous la sauverons.

Eléonore essaya vainement de sortir. Elle se soutenait à peine. Après avoir fait quelques pas dans la salle, elle retomba comme une masse inerte sur un siége. Son émotion l'avait brisée.

— Maurice ne se trouve-t-il pas avec Juliette? demanda M. de Marvennes.

— Non, Monsieur, répondit M. Delaborde. En ce moment peut-être, Maurice se bat avec son frère, avec mon fils Albert!

— Ton fils! l'infâme débauché! qu'il soit maudit!... s'écria Eléonore, en se levant de son fauteuil.

— La fatalité est sur nous, Madame, répondit stoïquement l'ancien manufacturier.

— Non pas la fatalité, dit M. de Marvennes, non pas l'aveugle destin, mais la main de Dieu qui s'appesantit sur des coupables. Epoux dignement assortis! Le crime a présidé à votre union. Tous les deux, avant de vous donner la main, vous avez livré vos enfants sans guide, sans soutien, sans ressources, aux hasards et aux orages de la misère. Vous recevez aujourd'hui votre châtiment. La main de Dieu vous frappe, reconnaissez-la!

— Le châtiment doit se mesurer à la faute, monsieur de Marvennes. Eh bien, j'ai vu mes deux enfants insensibles à mes prières, je n'ai pu les séparer. Croyez-vous que je ne sois pas trop puni? Ah! je vous conjure, au

nom de l'humanité, Monsieur ; puisque vous
avez de l'ascendant sur Maurice, empêchez-
le de commettre un fratricide ! Veuillez m'accompagner au bois. C'est là qu'ils doivent se
battre. Partons à l'instant, Monsieur. Nous
arriverons trop tard peut-être !

Malgré ces vives instances, Frédéric ne
bougea pas.

-- Je n'ai pas l'influence que vous me
prêtez, répondit-il à M. Delaborde. Nulle
puissance ne saurait réconcilier à cette heure
vos deux enfants, qu'un monde sépare. Albert a été formé à votre école. Vous lui avez
inculqué vos préjugés. Au milieu des séduc-
tions, des enivrements de la fortune, des
vertiges d'orgueil qu'elle donne, vous lui avez
appris à mépriser son frère le pauvre, le
déshérité. Étonnez-vous donc qu'il ait vécu
dans la paresse, la débauche et l'oubli de ses
devoirs. Maurice, lui, a été élevé et formé à
l'école du malheur. Il y a puisé, avec de
mâles vertus, le sentiment de son droit, l'ardent amour du bien et la haine profonde de
l'injuste. Par un fatal hasard, il a rencontré
sur son chemin votre fils, votre élève. Main-

tenant irai-je crier à ce jeune homme qui
venge sa sœur indignement outragée : Tu
as tort, jette ton arme ! Non, Monsieur, non !
Les colères lentement amassées dans le cœur
de ceux qui souffrent ne s'apaisent pas au
souffle de la parole. Elles éclatent et foudroient
les misérables qui les ont provoquées !

— Soyez indulgent, monsieur de Marvennes. Grâce, grâce pour mes enfants. Séparez-
les, sauvez-les !

— C'est notre fille, entends-tu, Frédéric !
C'est elle qu'il faut sauver. Oh ! qu'elle ne
meure pas en maudissant sa mère !

— Ne m'approchez pas ! s'écria de M. de
Marvennes en repoussant d'un geste méprisant Eléonore et son mari dont les mains
suppliantes effleuraient ses vêtements. Ne me
touchez pas ! Assassins ! assassins !...

Et les deux époux, comme s'ils eussent entendu prononcer leur condamnation par un
juge suprême, baissèrent en même temps la
tête sous cet anathème.

M. de Marvennes sortit.

Nous laisserons Eléonore et son mari
face à face, et nous raconterons au lecteur

les détails du duel entre les jeunes gens.
L'arme offerte par les témoins d'Albert et
acceptée par Maurice fut l'épée. On se mit en
route. Il ne se passa rien d'extraordinaire
durant le trajet, si ce n'est que M. de Barcas
se permit de nouvelles plaisanteries, qui restèrent sans effet. Albert donnait des signes
manifestes d'impatience. Tantôt il devançait
ses amis, tantôt il revenait sur ses pas, pressant les retardataires de la parole et du geste.
On eût dit qu'il craignait que sa vengeance
lui échappât. De temps en temps, il portait la
main à sa joue, que Maurice avait touchée.
Il y sentait un fer rouge! Le calme, la dignité,
la marche silencieuse de Maurice contras-
taient étrangement avec l'agitation fébrile et
la fureur mal contenue d'Albert. L'artiste se
recueillait avant de quitter cette terre où il
n'avait eu que souffrances et amères déceptions. Il donna une dernière pensée à Lucie
et à sa sœur d'adoption ; puis, songeant à la
mort :

— Qu'y a-t-il au-delà? se demanda-t-il.

— Dieu! lui répondirent à la fois deux voix
saintes, sa conscience et sa raison.

Cet examen de lui-même le rasséréna. La petite troupe des témoins et des champions traversa la prairie, prit un sentier à gauche du bois, et s'y enfonça. Après deux minutes de marche, elle déboucha dans une charmante clairière. De cet endroit on entendait le murmure des eaux de la Marne qui serpentait le long du bois.

— Nous serons parfaitement ici! s'écria M. de Barcas. Puis, regardant de côté Maurice : Le vaincu, ajouta-t-il méchamment, ne se contusionnera pas le corps en tombant sur ce tapis de verdure.

Albert ôta son habit. Maurice l'imita. Pendant qu'on faisait les préparatifs et qu'on réglait les conditions du combat, M. de Barcas se rapprocha d'Albert, et lui dit :

— Surtout n'oubliez pas le coup que je vous ai enseigné. Une, deux!

— Soyez tranquille, chevalier, j'ai bonne mémoire.

— S'ils pouvaient s'enferrer tous les deux! songea M. de Barcas, qui couvait de la pensée le million de M. Delaborde. Quel coup merveilleux! Il ne resterait plus que la petite

Lucie. Bah! le couvent nous en débarrasse-
rait... ou autre chose.

Achevant son calcul idéal, le chevalier dé-
cidait que les chagrins devaient promptement miner les jours de M. Delaborde. Alors
il épousait Eléonore, et s'emparait du million.
Sa puissante imagination, réalisant déjà les
belles promesses qu'il se faisait, transmuait
en or le sang des deux frères.

Il croyait voir devant lui de l'or, des
monceaux d'or. Dans son hallucination,
il avançait la main pour palper provisoire-
ment quelques louis dont il avait sans doute
l'emploi immédiat, lorsque la voix stridente
d'Albert le réveilla en sursaut de ce songe
doré.

— Êtes-vous prêt, monsieur?

— Me voici, répondit Maurice.

A la manière embarrassée dont le jeune
homme tenait son épée, le chevalier fronça
le sourcil. Son château de cartes s'écroula.

— Le maladroit, murmura-t-il, se fera
embrocher; mais à coup sûr il n'embrochera
pas l'autre.

Emile de Saint-Phar, qui avait consenti à

servir de témoin à Maurice, donna le signal du combat :

— Allez, messieurs, dit-il.

Les épées se croisèrent. Maurice se tint sur la défensive. Albert attaqua vivement son adversaire, et lui porta deux coups, que celui-ci sut parer avec adresse ; mais, au troisième, Maurice ne fut pas assez prompt, et l'épée d'Albert lui traversa le bras de part en part. Il laissa tomber son arme. Albert jeta la sienne. A la vue du sang qui coulait en abondance de la blessure de son frère, il pâlit légèrement. Sa vengeance était assouvie, sa colère apaisée. On s'empressa autour de Maurice.

— Ce n'est rien... rien du tout ! fit M. de Barcas en ramassant l'épée qu'Albert avait jetée au pied d'un arbre.

— Une simple égratignure ! Jeunes gens, vous ne savez pas vous servir de ces instruments-là !

M. de Marvennes arrivait en ce moment sur le lieu du combat. Un rapide coup d'œil lui apprit ce qui s'était passé. D'ailleurs il avait entendu la cruelle observation du che-

valier, auquel il répliqua ainsi après avoir
ramassé l'épée de Maurice :

— Pardieu, monsieur, je serais charmé
que vous me donnassiez une épreuve de votre
habileté.

Les témoins de cette scène, à l'exception
de Maurice, ouvrirent de grands yeux. Il était
évident que ce nouveau personnage leur était
complétement inconnu. Quant à M. de Barcas,
il devint blême et répondit, en essayant de
rendre sa voix assurée :

— Me cherchez-vous une mauvaise que-
relle, monsieur? Est-ce un duel que vous
demandez?

— Non pas un duel. C'est un meurtre que
je vous propose, dit Frédéric.

— Ah ça, monsieur, il me semble que votre
esprit...

— Rassurez - vous. J'ai l'esprit sain, le
coup d'œil sûr et le poignet solide. Je vais
vous tuer. Est-ce clair?

— Je vous engage à cesser, monsieur. Je
ne tolérerais pas plus longtemps d'inconvenantes plaisanteries de la part d'un homme
que je ne connais pas.

— Ceci est un mensonge.

— Monsieur !

— Vous mentez ! vous dis-je.

— Apprenez-moi donc enfin qui vous êtes et ce que vous me voulez, ou je croirai que j'ai affaire à un fou.

— Je me rends à votre désir. En 1816, j'étais un proscrit et vous un agent de police, un espion. Votre dénonciation me valut dix années de prison. Vous vous nommiez à cette époque Pierre Blanchard.

— Assez ! monsieur, assez ! s'écria le chevalier furieux.

A cette singulière révélation, les amis de M. de Barcas s'écartèrent brusquement de lui d'un air méprisant.

— Plus tard, continua Frédéric, sans tenir aucun compte de l'interruption menaçante du chevalier, — vous rejetâtes le nom que vous aviez rendu honteux, infâme, et vous prîtes celui de *chevalier de Barcas*. Et voici dans quel but. Vous poussâtes au mal une femme du peuple à laquelle vous enlevâtes son enfant. Puis, par la ruse et la trahison, vous vous introduisîtes avec elle dans une famille que vous avez volée, et que vous comptiez mener à son extinction afin de vous enrichir de ses dépouilles. Tout-à-l'heure encore, vous encouragiez une lutte fratricide. Votre vie, monsieur, n'a été qu'une longue suite, qu'un tissu de bassesses, de trahisons et d'infamies. Mais vous vous arrêterez ici. Après vous avoir flétri devant vos amis du nom de Blanchard l'espion, je vais vous tuer comme un chien, ainsi que j'ai déjà eu l'honneur de vous le dire.

— Misérable! vociféra M. de Barcas. C'est moi qui vais te clouer au cœur toutes ces impostures!

· Et il se précipita avec impétuosité sur Frédéric. Le premier duel n'avait été en quelque sorte qu'un simulacre à côté de celui-ci. La lutte dura longtemps. Les deux champions étaient également expérimentés. Cependant l'avantage semblait devoir rester à M. de Marvennes, qui avait gardé son sang-froid, tandis que le chevalier avait perdu le sien dans des transports de rage, provoqués par l'historien de son passé. Tout le monde attendait, dans une anxiété impossible à décrire, l'issue du combat. M. de Marvennes soutint l'assaut du chevalier sans broncher d'une ligne. Il le laissa s'épuiser en vains efforts, puis il le pressa vivement à son tour.

— Vous faiblissez, mon cher monsieur ! *Vous ne savez pas vous servir de ces instruments-là*, dit Frédéric à son adversaire en lui poussant une vigoureuse botte.

M. de Barcas, atteint en pleine poitrine, chancela, tourna sur lui-même et tomba lourdement sur le gazon, qu'il arrosa de son sang. Aucun de ses amis ne lui porta secours.

— Albert... faites-moi transporter au château... dit avec effort M. de Barcas, dont le râle indiquait la fin prochaine.

Albert s'éloigna de lui.

— Émile... à mon secours !...

Le poète tourna la tête d'un autre côté.

— Personne... personne !... murmura l'agonisant.

— Non, personne ! s'écria Frédéric en se penchant sur lui. Pas un ami ! Meurs dans ta honte ! Meurs méprisé de tous !.. Pierre Blanchard, il faut que ta mort rachète ta vie !

A cet instant, des cris de détresse retentirent dans le bois.

— Du secours! Quelqu'un se noie! du secours! criaient plusieurs voix du côté de la rivière.

— Quelqu'un se noie! s'écria Maurice. Oh! je cours...

— Restez, Maurice, vous êtes blessé.

' Ce disant, M. de Marvennes écarta les branchages qui obstruaient le chemin de la Marne et s'élança en deux bonds sur la rive. Là il trouva des paysans qui lui rapportèrent que de loin ils avaient vu une femme se jeter à l'eau. Une affreuse pensée traversa l'esprit de Frédéric. Il se débarrassa promptement de son habit et plongea à l'endroit que les gens du pays lui indiquèrent approximativement. Deux minutes s'écoulèrent. Enfin Frédéric reparut au milieu de la rivière, soutenant d'une main le corps d'une femme, tandis qu'il nageait de l'autre.

— Sauvée! elle est sauvée! s'écrièrent tous les assistants avec allégresse.

Lorsqu'il fut hors de l'eau, M. de Marvennes regarda la personne qu'il venait de

secourir, et qu'il tenait froide, inanimée
entre ses bras. C'était sa fille!... Éperdu
d'effroi, il revint dans le bois, la mit doucement sur l'herbe, et, agenouillé auprès d'elle,
il essaya de la ranimer par mille soins, mille
efforts; mais ce fut en vain. Juliette ne donnait aucun signe de vie.

— Oh! mon Dieu! mon Dieu! s'écria Frédéric d'une voix déchirante. Ma fille est
morte!...

— Morte! répéta madame Delaborde, qui
entrait en cet instant dans la clairière. Qui
donc?

Éléonore faillit devenir folle au spectacle
qui s'offrit à ses yeux. Elle voulut se jeter sur
le corps de sa fille, mais elle ne put avancer.
Une main sanglante s'était cramponnée à sa
robe. S'étant brusquement retournée, elle vit
M. de Barcas, qui lui dit, — en cherchant à
se soulever sur le coude, et ne réussissant
qu'à faire sortir de sa blessure des flots de
sang dans lesquels il gisait :

— Éléonore... c'est moi... je me meurs...

Madame Delaborde tomba foudroyée, le
visage contre terre. Les témoins de cette hor-

rible scène, pris de vertige, s'enfuirent à toutes jambes.

Le crépuscule enveloppait le bois de ses lueurs douteuses. Un ouragan s'était élevé. Les vents sifflaient et hurlaient dans les branchages des arbres comme une troupe de damnés. Une nuée d'oiseaux passaient en ce moment au-dessus de la clairière et semblaient fuir à tire-d'ailes ce théâtre d'épouvante et d'horreur.

CHAPITRE XVI

Le Tentateur.

Lorsque Éléonore revint à la vie, personne ne se trouvait là pour lui rappeler les événements qui s'étaient accomplis. Sombre était la nuit. Pas une étoile ne brillait au ciel. A demi couchée sur l'herbe, au milieu de la clairière, n'entendant d'autre bruit que le frissonnement des arbres et le sifflement aigu du vent, qui s'engouffrait par raffales dans le bois, Éléonore se croyait le jouet d'un rêve. Son esprit, harcelé par d'horribles et fantastiques images, ne pouvait lui donner la compréhension de son étrange situation. Elle resta quelques

instants immobiles, dans un état de prostration complète, d'anéantissement, puis, faisant un mouvement machinal, elle essaya de
se relever; mais sa main, qui cherchait un
point d'appui, rencontra le cadavre de M. de
Barcas, aux côtés duquel elle était tombée
évanouie. Le contact de ce corps sanglant la
ramena au sentiment de la réalité. Les souvenirs vinrent en foule l'assaillir et l'épou-
vanter.

— Oh! mon Dieu! s'écria-t-elle, en se
levant d'un bond, comme si elle eût été mue
par un ressort, j'ai tué mon enfant! j'ai tué
mon enfant!

Éperdue de douleur, folle d'effroi, les cheveux épars, les vêtements souillés de sang,
Éléonore traversa le bois en courant et en
appelant sa fille par des cris lamentables. A
sa voix répondait celle de l'écho, qui, après
avoir répété ses paroles sur un ton plaintif,
allait mourir dans le silence de la nuit.
L'épouvante lui donnait des ailes. Elle dévorait l'espace, les yeux toujours fixés sur les
lumières du château qui brillaient dans le
lointain comme un phare. Des légions de

fantômes accompagnaient sa course désordonnée. Il lui semblait qu'elle traînait après elle le cadavre de sa fille. Son imagination peuplait la prairie de mille démons, qui la suivaient, l'entouraient et soufflaient à son oreille l'anathème dont Juliette l'avait accablée :

— *Maudite! maudite pour l'éternité!...*

Elle arriva au château haletante, épuisée de fatigue, brisée par l'émotion.

— Oh! mon Dieu! Madame, s'écria sa femme de chambre en la voyant. Vous vous êtes blessée! Vous êtes couverte de sang, votre robe en est tout abîmée.

— Thérèse, réponds-moi.... Où est cette jeune fille qui s'est présentée ce matin au château? Qu'est-elle devenue? — questionna madame Delaborde, sans tenir compte de l'observation de sa femme de chambre.

— Je ne sais, Madame, si je dois vous apprendre.... balbutia Thérèse d'un air contraint.

— Elle est morte! dit Éléonore accablée en baissant la tête.

— Oh! non, Madame. Ce n'était qu'un

évanouissement; comment appelle-t-on ça, une léthargie?

— Seigneur, soyez béni!

— Qu'avez-vous, Madame? dit Thérèse effrayée, en soutenant sa maîtresse, qui chancelait.

— Ah! je suis trop heureuse! Ce que tu m'as appris, Thérèse... Si tu savais quelle joie je ressens... Je n'ai plus de force.

— Et moi, Madame, qui craignais de vous dire que j'ai donné à mademoiselle Juliette la chambre du perron.

— Pourquoi?

— Dame! cette pauvre petite.... Vous l'a-viez renvoyée si brusquement du château ce matin.

Une rougeur subite envahit le visage d'É-léonore.

— Ce matin je n'étais pas mère.... mur-mura-t-elle sourdement. Puis elle dit à sa femme de chambre :

— Thérèse, il faut appeler de suite le mé-decin de Chenevières.

— C'est déjà fait, Madame.

— Étais-tu présente à sa visite?

14

— Oui, Madame.

— Eh bien?...

— Le médecin a déclaré qu'il n'y avait aucun danger pour les jours de mademoiselle Juliette.

— Thérèse, je saurai récompenser les soins que tu donneras à cette pauvre enfant... Ah! dis-moi... En ce moment, est-elle seule?

— Je le pense, Madame.

— Bien. Je vais la trouver.

— Dans cet état, Madame?

— Qu'ai-je donc?

— Vous êtes couverte de sang.

— Qu'importe! Il faut que je voie à l'instant ma.... cette jeune fille.

Sur ces paroles de Madame Delaborde, Frédéric entra, silencieux et sombre. D'un geste, il ordonna à la femme de chambre de sortir, et s'approchant d'Éléonore, qui était restée comme pétrifiée en l'apercevant :

— Où alliez-vous? Madame, lui dit-il froidement.

— Je me rendais auprès de ma fille. Ma place est à son chevet.

— Il paraît que vous n'êtes pas encore sa-

tisfaite de votre œuvre. Ce n'est pas assez
d'avoir fait le malheur de Juliette, de l'avoir
réduite au désespoir, poussée au suicide. Par
un raffinement de cruauté, vous tenez à vous
montrer à votre victime.

— Comment osez-vous m'imputer une action infâme... la séduction de notre enfant?

— N'avez-vous pas excusé cette action
infâme, encouragé le misérable jeune
homme qui s'en était rendu coupable. Ah!
sachez-le, Madame. Le mal que l'on encou-
rage autour de soi vous atteint tôt ou tard. On
est toujours vaincu par ses vices et châtié par
ses fautes. Si vous eussiez donné de bons
exemples et de sages conseils au fils de
M. Delaborde, vous n'auriez pas aujourd'hui
à vous plaindre de ses actions.

— Je n'avais pas d'ascendant sur Albert.
Il obéissait aux suggestions de M. de Barcas.

— De votre amant.

— Monsieur!...

— En effet, je comprends qu'il était d'une
bonne politique de prendre le parti du fils en
trahissant le père. Albert n'ignorait pas que
vous viviez en adultère avec M. de Barcas.

— C'est une calomnie!

— Osez le nier. Son sang souille encore votre front. Vous avez reçu le dernier baiser de votre amant, le baiser de la mort!

Éléonore frémit d'horreur et de dégoût.

— Oh! tais-toi! Frédéric, tais-toi! s'écria-t-elle. Ne me rends pas folle!

— Pauvre femme! — reprit M. de Marvennes après un moment de silence, en considérant avec une douloureuse compassion cette créature qu'il avait tant aimée. — J'oublie ton indigne conduite, je me sens ému de pitié, lorsque je songe au passé. Je t'ai connue belle et pure, Éléonore. Te rappelles-tu ce jour où, forcé de m'expatrier pour me soustraire à une mort imminente, je te fis mes adieux? Que d'élans d'amour, de larmes versées, d'ardentes promesses, de paroles sorties du cœur! Ah! lorsque je te tenais frémissante entre mes bras, j'aurais plutôt douté du ciel que de ta sincérité. Une année s'écoula. Je revins en France. J'avais quitté l'ange de l'amour, et je retrouvais le démon. Tu avais abandonné ton enfant, vendu ton âme, profané ta beauté. Tu t'étais livrée à

l'être le plus abject que la société renferme
dans son sein, à un espion, à un traître !

A ces derniers mots, Madame Delaborde
leva vers Frédéric sa tête noyée de larmes.
Elle paraissait ne pas avoir compris à quelle
personne s'appliquaient les qualifications
d'*espion*, de *traître*.

— Oui, Madame, reprit Frédéric ; M. de
Barcas était un misérable espion de police à
l'époque de la Restauration. En cachant son
ignominie sous un faux titre de noblesse, il
s'était élevé, comme tant d'autres, par la
bassesse et l'intrigue.

En apprenant la honteuse origine du chevalier, Éléonore jeta un cri épouvantable,
intraduisible.

— Où suis-je tombée, mon Dieu !...

— Dans un abîme de souillures !

— Oh ! c'est trop de honte !... Puisqu'il n'est
plus d'espoir pour moi, il faut que je meure...
Mais une dernière grâce, Frédéric. Laisse-
moi voir ma fille un instant... un seul instant !

— Vous n'avez plus de fille, Madame ! dit
M. de Marvennes d'une voix éclatante. Sa

14.

malédiction vous a séparée d'elle à jamais!...

Et il sortit du salon. Éléonore se retira dans sa chambre à coucher. Dès qu'elle en eut franchi le seuil, elle se jeta sur son lit et s'y roula, torturée par d'effrayantes convulsions. Pour étouffer ses sanglots, elle mordit son oreiller à pleine bouche.

Soit qu'il eût craint que Juliette n'éprouvât une émotion dangereuse en revoyant Madame Delaborde, soit qu'il eût voulu lui infliger un châtiment égal à ses fautes, M. de Marvennes, il faut bien le dire, n'avait pas eu assez d'indulgence envers cette mère qui demandait à embrasser son enfant. Mieux que tout autre cependant, il devait comprendre la profondeur et la sincérité de son repentir. Éléonore n'était plus la même. La femme orgueilleuse et corrompue, la grande dame n'existait plus. Les glaces de l'égoïsme et de l'insensibilité amassées sur son cœur s'étaient fondues au premier rayon de l'amour maternel. Elle était sortie purifiée, régénérée, des terribles infortunes, des épreuves que Dieu lui avait infligées.

Minuit venait de sonner à l'horloge du

château. Éléonore, qui n'avait pu sommeiller
un seul instant, attendait cette heure avec
une fébrile impatience. Aussitôt que le
douzième coup eut retenti, elle s'enveloppa
d'une pelisse, sortit de sa chambre et écouta.
Un silence absolu régnait au château. Elle
descendit l'escalier de son appartement et
traversa la cour en amortissant le bruit de
ses pas sur le sable. Éléonore eût marché
à la mort, qu'elle n'eût pas été plus tremblante. Arrivée à un petit perron, qui conduisait à la chambre de sa fille, elle fut
obligée, pour le monter, de prendre la rampe
de fer et de s'y appuyer, tant son émotion
était profonde. A la dernière marche, elle
s'arrêta indécise, partagée entre deux sentiments contraires, la crainte et l'amour.
L'irrésistible désir d'embrasser Juliette lui
étreignait le cœur, mais, d'un autre côté, elle
craignait de se trouver face à face avec Frédéric. Elle prêta encore une fois l'oreille.
Aucun bruit ne troublait la morne tranquillité
de la nuit. Alors elle tira de la poche de sa
robe une clef, que Thérèse lui avait donnée,
l'adapta à la serrure et ouvrit la porte de

Juliette. Une veilleuse éclairait faiblement la chambre. La jeune fille dormait d'un sommeil agité. Sa poitrine était oppressée, sa respiration haletante, difficile. Elle avait la main droite hors du lit. Ses cheveux luxuriants étaient épars sur l'oreiller. La pâleur de son visage, altéré par de cruelles souffrances, se confondait avec le blanc mat des draps. Éléonore s'était agenouillée à son chevet. Après avoir adressé une fervente prière à Dieu, elle prit la main de sa fille et la couvrit de baisers. Juliette fit un mouvement. Madame Delaborde, effrayée, se baissa jusqu'à toucher du front le parquet de la chambre.

— Si ma fille se réveillait, murmura-t-elle en fondant en larmes, elle me repousserait... comme son père !

Juliette paraissait livrée à une fiévreuse agitation. Elle se retournait de tous côtés dans son lit, murmurant des mots inintelligibles. Cependant elle prononça distinctement ceux-ci :

— Ma mère ! ma mère !

A cet appel, Éléonore ne fut pas maîtresse

d'elle-même. Emportée par son amour, elle prit la tête de sa fille entre ses mains et l'embrassa à plusieurs reprises. Depuis longtemps elle avait été sevrée de ces indicibles tressaillements, de ces délices de la maternité qui pénétraient en cet instant dans les profondeurs de son âme et l'inondaient d'une joie ineffable. Non ! pendant les vingt années qu'elle avait épuisé les plaisirs énervants du luxe et de la mollesse, les sèches jouissances de l'orgueil, les impures satisfactions des sens, elle n'avait pas ressenti une telle félicité. Il lui semblait que son être s'agrandissait, se renouvelait, qu'elle sortait du tombeau, qu'elle s'élançait vers d'idéales régions. Les miasmes impurs qui empoisonnaient sa vie s'étaient dissipés comme par enchantement. Elle reconnaissait à présent qu'elle s'était misérablement trompée en reniant son devoir, auquel était attaché le bonheur de son existence. Les yeux fixés sur le visage de son enfant, Éléonore, tout entière à cette délicieuse contemplation, tomba dans une sorte d'extase qui la fit assister comme spectatrice au drame qu'elle avait joué.

Voici le tableau que son imagination lui présentait :

C'était l'intérieur d'une mansarde. Au fond d'une chambre délabrée, presque nue, travaillait une pauvre ouvrière. Elle était assise à côté d'un berceau sur lequel elle se penchait assez souvent. Les sourires, les innocentes caresses de son enfant lui donnaient de la force et du courage.

Il faisait une froide journée d'hiver. L'air passait à travers les ais mal joints d'une mauvaise porte et glaçait les membres de l'ouvrière, vêtue simplement d'une légère robe d'indienne. Son aiguille s'échappait à chaque minute de ses doigts engourdis. Ne pouvant lutter plus longtemps contre les quinze degrés de froid qui régnaient dans la mansarde, elle s'arrêta.

— Mon Dieu ! qu'ai-je donc fait pour être aussi malheureuse ? s'écria-t-elle, le cœur gros de larmes. Je travaille jours et nuits, et c'est à peine si je parviens à élever ma petite Juliette. Mon Dieu ! que vais-je devenir ?

La pauvre fille se désolait ainsi, lorsque parut soudainement devant elle un inconnu

dont les yeux brillaient comme deux escar-
boucles.

C'était le démon tentateur.

— Tu es belle, lui dit-il. Pourquoi restes-
tu pauvre? Sur la route où tu marches, les
ronces déchirent, ensanglantent tes pieds.
Ton avenir, le voici : — Méprisée de tous, tu
mourras un jour de froid et de faim avec ton
enfant.

L'ouvrière pleura.

— Écoute-moi bien, continua l'inconnu. Je
veux te sauver. Quitte le chemin de la pauvreté. Prends celui de la richesse. — Plus
d'épines, mais des fleurs sous tes pas... Plus
de tristesses, mais des plaisirs sans nombre.
Plus de mépris, mais de l'adulation. — Tu
seras honorée comme une reine, aimée
comme une déesse. Tu brilleras partout, au
bal, au spectacle, dans les soirées. Tiens, regarde!

Et le démon étala sur sa table une magnifique robe de moire et une riche parure dont
l'éclat éblouit, fascina la pauvre ouvrière. Le
vertige la saisit. Elle croit assister à une brillante fête. Entourée d'admirateurs qui se dis-

putent ses regards, s'extasient sur sa beauté,
elle respire l'atmosphère parfumée des salons.
Une musique bruyante et folle fait tourbil-
lonner de nombreux groupes au milieu des-
quels elle est bientôt entraînée... Cependant
l'ouvrière se réveille de ce songe séduisant et
tourne la tête du côté du berceau. — Son
enfant n'y est plus! — Elle se jette sur la
porte, essaie de l'ouvrir. — Vains efforts. —
Elle a beau appeler, crier, personne ne vient.
— La malheureuse retombe épuisée sur sa
chaise. — Alors elle est livrée à une lutte
étrange, inouie, formidable. — Les insinua-
tions du démon reviennent bruire à son
oreille. — Oh! la tentation!...

D'un côté, toutes les ivresses, tous les délires, toutes les douceurs, tous les prestiges
de la civilisation, — une existence tissue d'or
et de soie.

De l'autre, toutes les douleurs, toutes les
fatigues, toutes les misères, toutes les cruau-
tés de la civilisation, — le mépris, la faim,
le froid... avec la fosse commune au bout.

Oh! la tentation!

Après avoir hésité longtemps, longtemps,

l'ouvrière s'approcha timidement de la parure, la toucha, la prit, s'en revêtit. Le serpent de l'orgueil la mordait au cœur, l'enlaçait
de ses replis. Elle foula aux pieds sa robe
d'indienne, ses haillons, et se regarda dans
un morceau de miroir cassé.

— Tu es belle! — lui dit le démon, qui
était entré furtivement. — Suis-moi.

Elle le suivit.

A ce moment, l'extase d'Éléonore cessa.
Les spectres de son passé s'évanouirent. Elle
se demanda si, en effet, ces choses s'étaient
réalisées. Non, elle n'avait pu céder aux sug-
gessions de ce misérable tentateur; elle
n'avait pu abandonner son enfant. Malheureusement, le doute ne lui était pas permis.
Ah! que n'aurait-elle pas donné pour revenir
sur le passé, pour vivre, comme autrefois, à
côté du berceau de cet ange dont les sourires
l'enivraient!

— Heureuses les mères martyres, pensait-
elle. Heureuses celles qui se sacrifient à leurs
enfants. Dieu les anime, les console, les sou-
tient. Elles trouvent la félicité dans leur dévouement.

15

Eléonore entendit sonner quatre heures. Déjà les lueurs blafardes de l'aube envahissaient la chambre. Craignant d'être surprise, elle sortit précipitamment après avoir donné un dernier baiser et dit un adieu suprême à sa fille, qui dormait toujours. Elle ne devait plus la revoir!...

CHAPITRE XVII

L'expiation.

Une semaine suffit au rétablissement de Juliette et de Maurice. Le huitième jour de son entrée au château, le jeune homme, le bras en écharpe, se promenait dans le jardin. Les tièdes émanations du soleil de juillet le ranimaient, lui donnaient de nouvelles forces. Après avoir traversé plusieurs allées, il se dirigea vers une charmille dont les diverses plantes grimpantes dessinaient de capricieuses ombres sur le sable. Sa surprise fut grande en y rencontrant Lucie.

— Mademoiselle, dit-il, je bénis le hasard qui m'a conduit ici auprès de vous.

— Votre franchise me plaît, Monsieur, répondit Lucie d'un air enjoué. Il y a tant de
gens qui attribuent à leur volonté ou à leur
habileté ce qu'ils doivent au hasard ! Eh bien,
Monsieur, ajouta la jeune fille, pourquoi vous
tenez-vous debout et immobile comme le dieu
Terme, lorsque vous pouvez vous asseoir à
mes côtés?

— Cette familiarité, Mademoiselle...

— N'a rien d'étrange entre parents, car
vous êtes mon cousin, Monsieur.

— Oh! dites votre frère. Je vous aime
comme une sœur! s'écria Maurice en se plaçant auprès de Lucie.

— Et moi plus qu'un frère, fit la jeune
fille en souriant.

Le front de Maurice s'assombrit.

— Allez-vous être triste maintenant? dit
Lucie. Voyez donc quel gai soleil! Ah! je
vous en veux de votre irrésistible penchant à
la mélancolie. Que n'imitez-vous la nature?...
Un moment bouleversée par la tempête, elle
reparaît radieuse et sereine; elle reprend son
sourire et son éclat. Mille oiseaux chantent
dans la feuillée le retour de la paix, des
amours.

— La tempête de ma vie dure depuis que je suis né, Lucie. Mais pourquoi me plaindrais-je? N'avez-vous pas brillé comme une divine étoile dans mon ciel sombre?

— Espérez, Maurice, les beaux jours viendront. Vous touchez peut-être au port.

— Vous le savez, Lucie, ce soir je dois quitter le château de Chenevières avec Juliette et M. de Marvennes.

— Et vous ne tenterez rien pour vous rapprocher de M. Delaborde et de son fils.

— Non, Lucie. Bien que j'en aie un ardent désir, je ne crois pas qu'une affection sincère puisse exister entre nous. Un abîme nous sépare. Pour le franchir, il faudrait vaincre des préjugés trop bien enracinés.

—Je voudrais, Maurice, que vous revinssiez de votre prévention contre les riches. Voyons, Monsieur, n'avez-vous jamais rencontré, parmi ces privilégiés, des personnes bienveillantes, exempte d'orgueil...

— Une seule! et c'est vous.

— Eh bien! dit la jeune fille en riant, n'est-ce pas assez?

— Chère Lucie, s'écria Maurice avec un

accent passionné en prenant la main de la jeune fille et la portant à ses lèvres brûlantes, vous êtes pour moi tout un monde !

— Rappelez-vous, Monsieur, dit vivement Lucie, dont le sein palpitait d'émotion, que vous devez m'aimer... comme une sœur.

Nos jeunes gens qui avaient pris pour thème de conversation ce sujet éternellement nouveau et fécond, l'amour, restèrent long-temps ensemble. Leurs mains étaient entre-lacées, leurs regards confondus, leurs âmes unies. Pendant qu'ils se livraient ainsi aux chastes effusions de leur tendresse, Albert avait une sérieuse explication avec M. de Marvennes. De son boudoir, qui ouvrait sur le salon de réception, Éléonore écoutait atten-tivement cet entretien, car l'avenir et le bonheur de sa fille en dépendaient.

— Vous m'avez fait l'honneur de me de-mander, Monsieur ? dit Albert en entrant.

— Oui, Monsieur, répondit Frédéric. Je désire causer quelques instants avec vous.

— Je suis à vos ordres.

Albert et Frédéric prirent chacun une chaise.

— Tout d'abord, fit M. de Marvennes en s'asseyant, je vous prie de ne pas voir en moi un père irrité, mais plutôt un ami.

Ce début étonna fort Albert, qui s'attendait à quelque scène violente.

—Étant votre ami, reprit Frédéric, vous me permettrez d'agir sans façon, n'est-ce pas? de vous parler franchement et rudement le langage de la vérité... ce langage que notre monde de fausseté et d'hypocrisie appelle *inconvenance.*

— Je vous remercie, Monsieur, de me croire digne de l'entendre.

— Jusqu'à présent, Albert, vous avez fait fausse route. Subissant d'un côté la pernicieuse influence de votre famille, de M. de Barcas; entraîné, de l'autre, par cette jeunesse élégante et dorée qui joint tous les ridicules à tous les vices, vous vous êtes jeté dans un torrent de débauches, vous avez dispersé au vent des folies humaines les bonnes semences de votre âme, les généreux sentiments, ce qu'il y avait en vous de noble et de grand. Vous avez poussé le délire jusqu'à porter une main sacrilége sur votre frère. Eh bien! vos fautes, vos erreurs, quelque grandes qu'elles soient, peuvent encore être rachetées, effacées si vous en avez la ferme volonté. Ce n'est pas à vingt-six ans qu'on se condamne à la stagnation, à l'immobilité, que l'on referme sur soi les barrières de l'arène. Réveillez-vous, jeune homme! surgissez à la lumière. Assez long-temps vous avez été l'esclave de honteuses passions; réagissez sur elles à présent; maî-trisez ces chevaux fougueux. L'aurore de votre avenir dissipera les ténèbres de votre passé. Vous sortirez triomphant de cet abîme au fond duquel vous n'avez rencontré que doutes amers, cruelles déceptions.

La vie n'est pas, comme on vous l'a dit et comme vous l'avez pratiquée, — une orgie, une saturnale, une longue ivresse. C'est, au contraire, une rude tâche, une œuvre sainte, un devoir imposé par Dieu. Lâche est celui qui ne le remplit pas. Lâche est l'homme qui n'a d'autre idéal que l'assouvissement de ses passions et ne cherche sur cette terre que le plaisir. Nos pères comprenaient autrement le but de la vie. Ils se dévouaient à une idée su-

blime. Sous la république, ils mouraient avec
enthousiasme pour la liberté et la fraternité
des peuples ; sous l'empire, ils se sacrifiaient à
la gloire et à la grandeur de la France. Mais
aujourd'hui il y a une déroute générale, une
panique, un mot d'ordre de lâcheté, de *sauve
qui peut*. La société actuelle, prosternée devant
le monstrueux idole de la Matière, dit à ses
enfants : *Enrichissez-vous. Jouissez. Chacun
chez soi, chacun pour soi.* O temps d'ignominie ! Triste époque de marasme et d'abâ-
tardissement où la contagion morale gagne
tous les cœurs, flétrit et abaisse toutes les
âmes !

Albert avait écouté, la tête baissée, le regard fixé à terre, ces chaleureuses paroles
dont il sentait la justesse. Aussi resta-t-il
quelques instants sans répondre. Puis il dit
lentement :

— Je reconnais, M. de Marvennes, que
vous me donnez de bons encouragements, et
je vous sais gré de l'intérêt que vous semblez
me portez. Malheureusement, vous excitez à
marcher un homme qui n'a plus de jambes.
Ce n'est pas en vain que je me suis livré aux

15.

amoureuses étreintes des courtisanes : mes sens sont énervés. Ce n'est pas en vain que j'ai pressé la main de faux amis, que je me suis complu au mal, que j'ai bu à longs traits à la coupe des joies impures : je n'ai plus d'énergie morale. Mon cœur est vide. La mort plane sur lui. Les simples croyances de ma jeunesse sont fanées à tout jamais. Feuilles arrachées de leur arbre par l'ouragan des passions, elles sont là sous mes pieds. Pourquoi donc présenter à mon imagination de brillants rêves, puisque la force me manque pour les réaliser?

— Dites plutôt le courage. Au pied de la montagne, n'en mesurez pas de l'œil la hauteur. Commencez à la gravir. A mesure que vous vous élèverez, vous serez plus robuste, plus libre. Un air pur, salubre, dilatera votre poitrine. Lorsque vous en aurez atteint le sommet, vous sentirez un souffle divin qui vous rendra les bonheurs perdus, les saints enthousiasmes, les ravissements extatiques de l'âme, les amours idéals. Votre esprit découvrira de nouvelles sphères, de limpides horizons. A cette hauteur, vous verrez les hommes ramper et remuer dans la boue comme un immense nid de serpents. C'est alors que, prenant en pitié ces êtres dégradés, vous bénirez le Seigneur de vous avoir retiré de la fange du vice.

— S'il me restait encore quelque ardeur, quelque force, dit Albert, je recommencerais ma vie. Je rallumerais le foyer à la dernière étincelle. Mais il est trop tard. La liqueur parfumée que le vase contenait s'est vaporisée. Je suis las, — perdu, — débile comme un vieillard. Je n'ai plus d'avenir.

A cet instant, la porte du salon s'ouvrit. Maurice et Juliette parurent sur le seuil et s'y arrêtèrent. C'était un tableau ravissant. La jeune fille avait les mains croisées autour du bras gauche de Maurice. Les ravages de la maladie avaient en quelque sorte idéalisé les traits de son angélique visage. Elle regardait Albert et lui souriait. Son sourire, empreint de tristesse, donnait à sa physionomie une expression de douce rêverie. Qu'on se représente la *Vierge au jardin*, de Raphaël. Comme sa sœur, Maurice tenait ses yeux fixés sur Albert. Ses longs cheveux noirs,

son air sombre et méditatif formaient contraste avec la blonde tête de Juliette. On eût
dit, à les voir tous deux, une éclaircie bleuâtre
au milieu d'un ciel brumeux. Il y avait tant
de charme, tant de poésie dans ce petit
groupe, qu'Albert ne put se défendre d'une
émotion profonde. Elle éclata lorsque M. de
Marvennes lui dit en lui montrant sa fille :

— Voilà l'ange qui vous sauvera. Le cœur
de Juliette renferme des trésors de tendresse
et d'affection. Voyez ! Elle vous sourit... elle
vous a pardonné !

— Il serait vrai, Juliette ! dit Albert en
allant au devant de la jeune fille. Vous n'auriez pas de haine pour un misérable qui vous
a méconnue, outragée. Oh ! c'est à vos pieds
que je veux obtenir la grâce, l'oubli de mon
crime !

— Relevez-vous, Monsieur, répondit Juliette très-émue. Je n'ai aucune grâce à vous
accorder. Je vous aime...

— Oh ! c'est trop de bonheur !

— Mon frère ! .. dit Maurice en tendant à
Albert une main que celui-ci pressa dans les
siennes.

— Ma femme! mon frère! s'écria le jeune homme ivre de joie. Oh! ne me quittez jamais. Je ne craindrai pas les tentations du mal. Entre vous deux, ma vie s'écoulera heu-heureuse et pure!

Sur ces paroles d'Albert, entra M. Delaborde, accompagné de Lucie. Nous n'essaierons pas de dépeindre son étonnement.

— Que vois-je! s'écria-t-il, comme s'il eût douté de la réalité; mes enfants réunis! Qui a opéré ce miracle?

— L'amour! répondit M. de Marvennes.

— Je comprends tout à présent, répliqua l'ancien manufacturier. Monsieur de Marvennes, je ne saurais vous exprimer la reconnaissance dont mon cœur est pénétré. Vous avez été la Providence de ma famille; vous avez réparé le mal que j'avais fait... car je suis la première cause des malheurs qui nous ont frappés...

— Monsieur!... interrompit Frédéric.

— Laissez-moi m'accuser hautement ici, reprit aussitôt M. Delaborde, laissez-moi reconnaître la gravité de mes erreurs. Il me semble que ces aveux soulagent ma conscience. A la vile passion des richesses, au désir immodéré d'acquérir, j'ai sacrifié les devoirs les plus saints, une digne femme qui m'aimait... et jusqu'à mon fils... dont j'ai mérité le mépris!...

— Oh! ne croyez pas cela, Monsieur! s'écria Maurice.

La confession de l'ancien manufacturier avait été faite avec un tel accent de douloureuse sincérité, que Frédéric en fut touché.

— Oubliez le passé, Maurice, dit-il en s'avançant vers le jeune homme. C'est le vœu, — n'en doutez pas, — de Madeleine Simon !

Le nom de sa mère impressionna vivement Maurice. Il se jeta dans les bras de M. Delaborde. Lorsque celui-ci fut remis de son émotion, Albert lui dit :

— Mon père, je vous demande pour Maurice la main de ma cousine.

— Si la volonté de ma nièce ne s'y oppose pas...

— Il y a quatre ans que j'attends votre consentement, mon oncle, dit Lucie en riant.

— Eh bien, Mademoiselle, vous n'attendrez pas huit jours votre mariage.

— Mon père, — fit Albert en prenant Juliette par la main, — je vous présente ma fiancée. Deux contrats se signeront en même temps, si vous le permettez.

— Très-volontiers! s'écria M. Delaborde en embrassant Juliette au front.

Retiré au fond du salon, M. de Marvennes contemplait avec une émotion ineffable les heureux qu'il avait faits.

— Mes amis, dit-il en s'avançant vers les groupes qui s'étaient formés, restez toujours unis. L'union des âmes donne toutes les joies du ciel et de la terre. Hier encore, vous souf-friez, car vous vous haïssiez. De tristes pré-jugés vous divisaient. Pauvre, riche, grand, petit, que signifient ces noms? Pourquoi ces distinctions? Ne sommes-nous pas tous les enfants de Dieu, et ne devons-nous pas mar-cher vers lui du même pas en nous appuyant les uns sur les autres? Que le plus digne fraie la route! Pardonnez-moi ce petit sermon, mes amis. Je me fais vieux, voyez-vous. J'ai acquis de l'expérience à mes dépens. Par un caprice du sort, je me suis trouvé mêlé aux diverses classes de la société. Le grand monde m'a montré ses ridicules, ses vices et son orgueil. J'ai connu le peuple. J'ai assisté à de terribles drames, à de sombres désespoirs ; j'ai entendu d'effrayantes menaces. Je vois aujourd'hui toute une multitude se lever et demander à la société la vie, l'amour. Mais la marâtre reste insensible à ses prières.

— Non ! rien ! répond-elle. J'ai mes élus. Pour vous, déshérités, rien, rien... que le mépris !

— Ah! j'en ai la conviction; cet état de choses cessera. Les misères morales qui nous assiégent disparaîtront. Un jour, la grande famille humaine, separée à cette heure par tant d'erreurs, tant de haines, tant d'iniquités, se réconciliera, — comme vous, mes amis, comme votre famille, — dans une pensée d'amour. Le soleil de la justice éclairera le monde. La Liberté déploiera ses ailes. La Fraternité règnera. Satan sera vaincu. Oui, il viendra ce jour d'enthousiasme où les barrières élevées entre les hommes tomberont, où les vains échafaudages, péniblement étayés par des siècles d'ignorance et de despotisme, s'écrouleront au souffle puissant de la vérité et de la liberté. Le Riche, n'écoutant que la voix de sa conscience, descendra de son trône, rejetera le manteau de l'injustice, trop lourd à ses épaules, et dira à son frère le Pauvre : — Donne-moi ta main. J'ai assez souffert de mon isolement. Mon cœur s'y est desséché. Désormais, plus d'orgueil, plus d'éclat mensonger, plus de *priviléges*. Je veux ma part de tes souffrances ; je veux creuser avec toi la terre, notre mère commune, et la féconder de mes sueurs !

Maintenant, mes amis, un dernier conseil... et il faudra que je me sépare de vous. — Élargissez votre cœur ; élevez votre pensée. Semez autour de vous le bien, et vous récolterez le bonheur.

— Quoi ! vous songeriez à nous quitter, dit M. Delaborde. Oh ! c'est impossible.

— Ma résolution est inébranlable, répondit Frédéric. Je reprends mes travaux trop longtemps interrompus. Je retourne auprès de mes élèves, qui m'attendent à Paris.

— Mon père, s'écria Juliette en sautant au

cou de M. de Marvennes. Oh! restez avec nous... Je vous en prie.

— Ne te désole pas, ma fille. De temps en temps je te rendrai une visite.

— Albert, ajouta Frédéric en remettant Juliette aux mains de son fiancé, je vous confie cet ange.

— Ah! monsieur, vous êtes cruel, s'écria M. Delaborde.

Frédéric attira l'ancien manufacturier à l'écart, près de l'endroit où Éléonore écoutait.

— Ne cherchez pas à me retenir lui dit-il. Je ne dois pas revoir votre femme!

A cet instant, il se fit un bruit du côté du boudoir. On entendit un sourd gémissement, un sanglot étouffé.

— Qu'est-ce que cela? dit M. Delaborde avec inquiétude.

Tout aussitôt Éléonore parut et terrifia les assistants. Son visage était livide, ses traits horriblement contractés, ses cheveux épars, ses vêtements en désordre. Elle avait l'écume aux lèvres. Ses yeux roulaient avec une vitesse effrayante dans leurs orbites. Chancelante, elle alla se placer devant la porte du salon, et dit à Frédéric :

— Vous ne partirez pas, Monsieur!

— Que signifie?...

— Demeurez avec ceux qui vous aiment; vous ne me verrez plus. Ma présence aurait troublé le bonheur de cette famille... Avant que cinq minutes ne soient écoulées, je serai morte...

— Qu'avez-vous fait, Madame? s'écria Frédéric.

— Je ne pouvais pas vivre maudite par l'enfant que j'ai portée dans mon sein.... Oh! c'était une pensée trop affreuse!... Je me suis empoisonnée...

— Oh! malheureuse!...

Chacun jeta une exclamation d'horreur et d'effroi.

— Du secours! du secours! cria M. Delaborde.

— Il est trop tard... murmura Éléonore, qui était tombée sur un sofa et se tordait les membres, en proie à d'horribles convulsions.

Son agonie commençait.

— Ma mère! ma mère!... s'écria Juliette

en se jetant dans les bras de madame Delaborde, qui l'étreignit sur sa poitrine.

— Adieu... Juliette... adieu, ma fille!...
Ne me maudis pas!...

— Ne mourrez pas, ma mère, ne mourrez
pas!... sanglota Juliette. Je vous aime!... je
vous bénis!...

— Mon Dieu! vous serez... indulgent...
pour moi... — dit Éléonore en s'arrêtant à
chaque mot pour reprendre haleine, — puisque... mon enfant... m'a pardonnée!...

Frédéric s'empara de sa main. Elle était
déjà froide.

— Dieu te recevra, pauvre femme! dit-il
d'un ton solennel, car tu auras cruellement
expié tes fautes !...

Éléonore eut une dernière convulsion, et
s'affaissa tout d'un coup sur elle-même.

Elle était morte!

Juliette avait la bouche appuyée sur ses
lèvres. Ne sentant plus le souffle de la respiration, elle jeta un cri déchirant et tomba
évanouie aux pieds de sa mère.

Une année après les événements de cette histoire, que nous avons racontée succinctement à nos lecteurs, quatre jeunes gens, nouvellement unis, priaient, agenouillés sur la tombe d'Éléonore.

Derrière eux se tenaient, immobiles et la tête découverte, deux hommes qui paraissaient plongés dans une méditation profonde. Le spectacle de ces jeunes êtres, dont les cœurs chauds et vivifiés par l'amour touchaient une cendre froide, leur donnait de mélancoliques pensées. Les yeux fixés sur la pierre tumulaire, ils songeaient sans doute au néant des agitations humaines, qui aboutissent toutes à quelques grains de poussière, à un *ci-gît*, — *Il* ou *elle fut*.

De ces deux hommes, l'un avait été l'amant, l'autre le mari de la morte.

FIN.

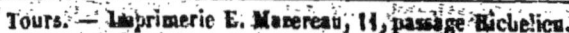